Caio Fernando Abreu ▪ Carlos Queiroz Telles ▪ Dias Gomes ▪ Gianfrancesco Guarnieri ▪ Joracy Camargo ▪ Plínio Marcos

Cenas de intolerância

Ilustrações
Hector Gomez

Seleção e organização
Gilberto Figueiredo Martins

editora ática

Cenas de intolerância
© Herdeiros de Caio Fernando Abreu, Carlos Queiroz Telles, Dias Gomes, Gianfrancesco Guarnieri, Joracy Camargo, Plínio Marcos, 2007

Diretor editorial	Fernando Paixão
Editora	Gabriela Dias
Editor assistente	Emílio Satoshi Hamaya
Redação	Gilberto Figueiredo Martins
Coordenadora de revisão	Ivany Picasso Batista
Revisora	Ornella Miguellone
Assessoria editorial	Barbara Heller

ARTE
Projeto gráfico	Marcos Lisboa, Suzana Laub, Katia Harumi Terasaka, Roberto Yanes
Editora	Cintia Maria da Silva
Diagramadora	Thatiana Kalaes
Editoração eletrônica	Moacir K. Matsusaki
Pesquisa iconográfica	Sílvio Kligin (coord.), Caio Mazzilli

CIP-BRASIL. CATALOGAÇÃO NA FONTE
SINDICATO NACIONAL DOS EDITORES DE LIVROS, RJ

C389
 Cenas de intolerância / organizado por Gilberto Figueiredo Martins ; ilustrações de Hector Gomez ; [autores, Caio Fernando Abreu... et al.] – São Paulo : Ática, 2007.
 il. – (Quero Ler)

 Apêndice
 Inclui bibliografia
 ISBN 978-85-08-11269-2

 1. Antologia (Teatro brasileiro).I. Martins, Gilberto Figueiredo. II. Série.

07-2269. CDD: 869.92008
 CDU: 821.134.3(81)-2(082)

ISBN 978 85 08 11269-2 (aluno)
ISBN 978 85 08 11270-8 (professor)
Código da Obra CL 736008
CAE: 213931

2023
1ª edição
10ª impressão
Impressão e acabamento: HRosa Gráfica e Editora

Todos os direitos reservados pela Editora Ática, 2007
Av. Otaviano Alves de Lima, 4400 – CEP 02909-900 – São Paulo – SP
Atendimento ao cliente: 4003-3061 – atendimento@atica.com.br
www.atica.com.br

IMPORTANTE: Ao comprar um livro, você remunera e reconhece o trabalho do autor e o de muitos outros profissionais envolvidos na produção editorial e na comercialização das obras: editores, revisores, diagramadores, ilustradores, gráficos, divulgadores, distribuidores, livreiros, entre outros. Ajude-nos a combater a cópia ilegal! Ela gera desemprego, prejudica a difusão da cultura e encarece os livros que você compra.

Letras em cena
— Para ler e representar

Você pode estar se perguntando: como assim, ler teatro? Que eu saiba, peça teatral é pra se ver, coisa a que a gente assiste, e não algo pra ficar lendo sozinho, como se fosse um conto ou romance... não é?! *Pois esta coletânea quer mostrar exatamente que, embora o texto teatral (ou dramático) seja criado para ser representado, encenado, ganhando nova vida no palco, podemos e devemos conhecê-lo e curti-lo também como gênero de texto escrito, com características próprias, ou seja, como um outro modo bem interessante de contar uma história.*

Em outros tipos de narrativa, geralmente um narrador conta fatos ocorridos no passado. Já nos textos dramáticos, na maior parte das vezes o narrador desaparece, e as ações e os acontecimentos não são contados, *mas* mostrados, *como se estivessem acontecendo ali, na nossa frente, naquele momento, pela primeira vez.*

Assim, sabemos como são os personagens pelo que eles fazem e dizem, apoiando-nos, ainda, em algumas informações extras que aparecem entre parênteses, nas chamadas "rubricas", essenciais para o leitor (e também para os atores e diretores de teatro). Os textos ganham, então, um grande dinamismo, dei-

xando muito espaço livre para nossa imaginação construir as possíveis montagens que os textos teriam se levados ao palco, obedecendo à sua primeira e essencial vocação.

Mais do que isso, as cenas e peças aqui reunidas tematizam as relações com os outros, sobretudo aqueles que vivem ou pensam de modos diferentes. Às vezes, por não aceitarem o diferente, pessoas tratam os outros com **indiferença**, como se não existissem ou fossem invisíveis; outras vezes, porque estes incomodam, busca-se excluí-los ou, até mesmo, exterminá-los, vitimando-os com a **intolerância**. E, no dia a dia, os papéis podem sempre se inverter, com frequência assustadora...

Assim, esta antologia fará você pensar, se divertir e se sentir provocado a criar. Afinal, a leitura e a reflexão são ainda potentes instrumentos contra o preconceito e a ignorância.

Sumário

A Comunidade do Arco-Íris | 7
Caio Fernando Abreu

O pagador de promessas | 39
Dias Gomes

Dois perdidos numa noite suja | 59
Plínio Marcos

Eles não usam *black-tie* | 73
Gianfrancesco Guarnieri

Última instância | 91
Carlos Queiroz Telles

Deus lhe pague | 109
Joracy Camargo

Quero mais | 139

A Comunidade do Arco-Íris
Caio Fernando Abreu

Imagine um lugar onde o trabalho é igualmente dividido entre todos os habitantes, que são livres, vivem de forma democrática, comem o que plantam e produzem suas próprias roupas... Uma sociedade sem guerras, organizada em um ambiente sem poluição, com a natureza preservada... Pois ele existe: é onde vive a Comunidade do Arco-Íris, que comemora seu primeiro aniversário. Dela fazem parte uma sereia, uma bruxa feita de pano, um mágico, um roqueiro, um soldadinho e uma bailarina de brinquedo.

Mas será que um lugar assim consegue se manter longe da inveja e da intriga, afastado do crime e da ambição dos homens? As coisas começam a se complicar nesse paraíso com a chegada de três novos personagens: Simão, Tião e Bastião.

Acompanhe essa peça que diverte, faz pensar e, de quebra, propõe um mistério a ser solucionado!

Personagens

 Sereia

 Bruxa de Pano

 Mágico

 Roque

 Soldadinho

 Bailarina

 Tião

 Bastião

 Simão

A Comunidade do Arco-Íris

Cenário: Um grande arco-íris ao fundo e um lago; um cartaz com letras coloridas com os dizeres: *Comunidade do Arco-Íris*. A cena está toda enfeitada de balões e bandeirinhas de papel, como para uma festa. A Sereia está dormindo, recostada em uma das pedras do lago.

Cena 1

Sereia (*Despertando e espreguiçando-se lentamente*) – Hmmmmmm, que sono gostoso! Sonhei umas coisas tão bonitas... (*Apanha um espelho e um pente*) Meu Deus, mas estou horrorosa, toda descabelada. Daqui a pouco a festa vai começar e eu ainda nem estou pronta. (*Penteia-se, muito vaidosa*) As crianças já devem estar chegando por aí. (*Olha para o público*) Mas vocês já estão todas aqui dentro. (*Para o público*) Desculpem, eu não tinha me dado conta, pensei que era bem mais cedo. Boa tarde, como vão vocês? Sabem, é que a gente trabalhou tanto para deixar tudo bonito que eu fiquei muito cansada e acabei pegando no sono sem querer. Já vou chamar os outros. (*Para dentro*) Mááááááágico! As crianças já chegaram, está na hora de começar a festa!

Cena 2

Bruxa (*Entra correndo, muito estabanada*) – Tá na hora de começar a festa, é? (*Olha em volta*) Ei, mas onde é

	que estão os doces e o guaraná? Ah, já sei, comeram tudo, não é? Comeram tudo e nem me avisaram... Só lembraram de me chamar depois que a festa tinha acabado. Eu sei, conheço vocês, é preconceito racial, só porque eu sou de pano e vocês de carne e osso. *(Para a Sereia)* Racista!
Sereia	*(Muito envergonhada por causa das crianças)* – Calma, Bruxa, não é nada disso... eu...
Bruxa	– Como que não é? Você sabe que eu adoro guaraná. Onde é que estão todas aquelas garrafas? Foi você que tomou tudo, é? Bem feito, vai ficar gorda como uma baleia e o Roque não vai querer mais namorar você!
Sereia	*(Ofendida)* – Gorda vai ficar a sua avó. Que desaforo! *(Olhando-se no espelho)* Imagine eu, gorda. Você está é com inveja dos meus cabelos verdes...
Bruxa	– Inveja, eeeeeu? Mas logo eu? Pois olhe, pra mim você não passa mesmo é duma sardinha enlatada, ouviu bem? E não fale mal da minha avó, fique sabendo que ela era uma saia de veludo muito fina. E quer saber duma coisa? Não me importo nem um pouco que a tal festa tenha acabado.
Sereia	– Acabado? Mas a festa ainda nem começou. E pare de me ofender. As crianças devem estar pensando que você é completamente louca. *(Para as crianças)* Desculpem, às vezes ela fica um pouco atacada.
Bruxa	– Atacada, eeeeeu? Escuta aqui, sua baleia... *(Vai começar a discutir novamente, mas de repente olha para o público e muda de atitude)* Meu Deus, as crianças já chegaram e eu estou toda desarrumada, pareço mesmo uma bruxa. *(Para a Sereia)* Por que

	você não disse logo, hein? Já sei, já sei, quer que todo mundo me ache horrorosa, não é? Conheço todos os seus truques, não é de hoje que você…
Sereia	– Você quer parar de dar vexame? Pelo menos respeite os nossos convidados.
Bruxa	– Vexame, eeeeeu? Ora…
Sereia	*(Conciliadora)* – Olhe, vá se enfeitar enquanto eu converso um pouco com as crianças…
Bruxa	– Tá bem, tá bem *(Saindo)*. Mas não tome todo o guaraná, ouviu? *(Sai)*
Sereia	– Que coisa mais louca, parece um furacão. E anda tão agressiva comigo, me chamando de baleia, de sardinha enlatada, um horror. Antes era tão minha amiga. *(Pensa um pouco)* Vai ver que… claro, só pode ser isso… Acho que ela está apaixonada pelo Roque! Afinal, foi depois que ele começou a me namorar que ela ficou assim agressiva… Será que… Melhor perguntar a ela. *(Para dentro)* Bruxa, você está apaixonada pelo Roque?

Cena 3

Bruxa	*(Entrando toda faceira, com um enorme chapéu de flores e um xale coloridíssimo)* – Apaixonada pelo Roque, eeeeeu? Imagina, Sereia, claro que não…
Sereia	*(Aliviada)* – Que bom, Bruxinha, eu cheguei a pensar que…
Bruxa	*(Maliciosa)* – Ele é que está apaixonado por mim…
Sereia	*(Furiosa)* – Mentira, ele é meu namorado. Você está dizendo isso só pra me irritar.

Bruxa — Controle-se, querida, olhe as crianças! O que não vão pensar de você? *(A Sereia cruza os braços, zangada, enquanto a Bruxa dá voltas pelo palco como um manequim)* Então, vocês gostam da roupa que mandei fazer especialmente para hoje?

Sereia — Eu acho horrorosa.

Bruxa — Pois eu não acredito. Você está é com ciúmes. Eu acho que estou maravilhosa. Posso até sair numa lista de 10 mais elegantes. Ou virar estrela de cinema. E você, menina? Por que está com essa cara de bacalhau em dia de Sexta-Feira Santa?

Sereia *(Chorosa)* — Você disse que o Roque está apaixonado por você.

Bruxa — E você acreditou, sua boba? Não vê que é só pra implicar com você? Acha que o Roque vai olhar pra mim, uma bruxa de pano, sem a metade da sua classe, da sua elegância, da sua... como diz mesmo? *Finesse*, é isso aí, sem a metade da sua finesse. Não sei bem o que é isso, mas eu tinha uma tia de tafetá francês que vivia repetindo que a tal de finesse era tudo na vida.

Sereia *(Mais animada)* — Você acha então que ele gosta de mim?

Bruxa — Ele adora você. Está apaixonadíssimo. Não pensa noutra coisa. Acho que até sonetos anda escrevendo. Cadê o Mágico?

Bruxa *(Para as crianças)* — Deve estar terminando o tal discurso! Imaginem que ele inventou de fazer um discurso para vocês. Vocês gostam de discurso? Pois eu não. Acho chatíssimo, sempre durmo na metade, não aguento aquelas coisas de "neste momento solene e tal". Me dá um sono...

Sereia — Mas o discurso do Mágico não é assim, Bruxa. Ele só quer contar para as crianças como nós viemos morar aqui.

Bruxa (*Juntas*) — Mágico! Mááááááááágico! (*Esperam, e Sereia tornam a chamar*)

Cena 4

Mágico (*Entrando, muito nervoso, a cartola na mão*) — Quem me chamou? O que é? (*Olhando o público*) Ai, meu Deus, as crianças já estão todas aqui dentro. (*Para a Sereia e a Bruxa*) E vocês aí, paradas como duas patetas... alguém precisa fazer alguma coisa. Onde é que está o meu discurso? (*Revirando todos os bolsos*) Passei a noite inteira escrevendo... Será que perdi? Ah, já sei. (*Remexendo na cartola*) Está aqui dentro. (*Começa a tirar um lenço enorme, que não para de sair*)

Sereia — Puxa, que vergonha. As crianças já estão quase todas dormindo.

Bruxa (*Ajudando o Mágico a puxar o lenço*) — Nossa, que coisa mais atrapalhada. Esse lenço não tem fim, é?

Sereia — Achou o discurso?

Mágico — Ainda não. Acho que está embaixo do segundo lenço. (*Começa a puxar outro lenço*)

Bruxa — Escute, me diga uma coisa, como é que começa esse discurso?

Mágico — Bem, começa de uma maneira muito bonita. Quer ver? É assim: "Neste momento solene, com a voz embargada de emoção..."

Bruxa	– "... entre as radiosas flores deste dia primaveril."
Mágico	*(Espantado)* – Como é que você sabe?
Bruxa	*(Irônica)* – Porque é muito original. Nunca ninguém começou um discurso assim.
Mágico	*(Voltando a remexer na cartola)* – E é mesmo. Originalíssimo.
Bruxa	– Escuta, você não quer falar de improviso? Acho que é muito melhor.
Sereia	– As crianças já estão caindo de sono.
Mágico	– Vocês acham, é? Mas um discurso tão bonito... *(Puxando mais um pedaço do lenço)* Uma pena...
Sereia	*(Para as crianças, impaciente)* – Bem, o que o Mágico queria dizer é que hoje está fazendo justamente um ano que estamos morando aqui na Comunidade do Arco-Íris.

14

Mágico — É. Faz exatamente um ano que nós cansamos de morar no Reino dos Homens e resolvemos mudar para cá. Eu, a Bruxa de Pano, a Sereia, o Roque, o Soldadinho e a Bailarina. (*À medida que vai falando, as outras personagens vão entrando: Roque, com sua guitarra elétrica; o Soldadinho, com seu regador, e a Bailarina, com a música de caixinha, que toca sempre que ela se move ou fala. Os três carregam uma faixa onde está escrito:* Feliz aniversário)

Cena 5

Sereia — Eu estava cansada da poluição. Vocês sabem, essas indústrias e fábricas que vivem derramando porcarias nos rios e nos mares. Os meus primos peixes, coitados, estavam morrendo todos. Eu vivia suja de óleo. Até o meu cabelo verde já estava ficando meio preto de tanta sujeira. Agora, aqui, moro numa lagoa limpinha e sem poluição nenhuma.

Bruxa — Eu estava cansada de ser mandada. A minha dona vivia me dando comidinha e me mandando dormir numas horas completamente loucas. Algumas crianças não sabem, mas as bonecas também sentem igualzinho a elas. Depois a minha dona ganhou de Natal um *video game* e me deixaram atirada num canto. Até que um dia a minha paciência esgotou. Então eu convidei a Bailarina, que morava na mesma casa, para fugirmos para cá, não foi, Bailarina?

Bailarina — Foi sim. Nossa história até é meio parecida. No começo, eu morava em cima duma caixinha de música. Toda a vez que abriam a caixinha eu dançava. O que mais gosto é de dançar. Parece que estou voando quando danço. Quando a caixinha era nova, abriam toda a hora, e eu dançava sempre. Depois a minha dona comprou uma vitrola eletrônica com dez caixas de som e uma TV colorida. Ninguém ligava mais pra mim. Fiquei jogada num canto, embolorando. Nunca mais dancei. Até que a Bruxa de Pano me convidou para mudar para cá. Eu estou muito feliz por ter vindo. Aqui posso dançar à vontade.

Mágico – Eu nunca fui um mágico muito bom. Nunca consegui parar de tirar coisas da cartola. *(Puxando mais um pedaço do lenço)* Vocês veem, até hoje não aprendi direito. No circo onde eu trabalhava, às vezes até jogavam tomates, couve-flor, cenoura...

Bruxa – Ué, você podia montar uma tendinha...

Mágico – Poder, podia, não é? Mas é que a minha vocação é mesmo pra mágico. E aqui ninguém se importa se os meus lenços não acabam nunca.

Sereia *(Para Roque)* – E você, querido, por que você veio pra cá?

Roque – Porque aqui tem natureza, não é, bicho? Tem árvore, lago, tem pedra, passarinho. Não tem a poluição que você falou. No mundo dos homens tem muito edifício, cimento, túnel, viaduto. As pessoas moram numas caixinhas apertadas chamadas apartamentos. Eu nem podia tocar minha guitarra em paz. Logo vinham uns trezentos vizinhos reclamar do barulho. Aqui não *(tira um acorde bem estridente),* posso tocar à vontade que ninguém reclama.

Sereia – E eu acho que você toca muito bem.

Bruxa — Eu acho um barato.
Roque — Podes crer.
Sereia *(Para o Soldadinho)* — E você, por que você abandonou o Reino dos Homens?
Soldadinho — Porque eu não tinha vocação nenhuma pra guerra. E lá tem guerra o tempo todo. Bombas, tanques, as pessoas se matando, um horror. O meu sonho era ser jardineiro. Aqui eu posso ter o meu regador e molhar as flores todos os dias. Melhor do que ficar matando gente por aí, não é?
Roque — Pode crer.
Mágico — Muito bem, muito bem. Agora vamos cantar o nosso hino.
Todos *(Cantam e dançam)*
Passarinho, flor do campo, borboleta
nuvem clara, céu azul e sol brilhante
nada disso tem lá na cidade
nada disso tem lá na cidade.

Se você quer conhecer a felicidade
venha morar na nossa comunidade
venha, venha, venha logo, não duvides
venha morar n'A Comunidade do Arco-Íris.

Bruxa *(Interrompendo)* — Ai, uma coisa peluda tocou no meu braço!
Mágico — Psssssiu, que falta de respeito com o nosso hino.
Sereia *(Para Roque)* — Isso é só pra prestarem atenção nela. Não liga não.
Bruxa — De novo! E foi daqui de trás dessa pedra, agora eu vi. *(Vai espiar atrás de uma pedra. Solta um grito)*

Todos   *(Agitados)* – Que foi?
Bruxa   *(Gritando)* – Tem três coisas peludas aí atrás dessa pedra!

Cena 6

Tião, Simão e Bastião   *(Pulando de trás da pedra e fazendo muita bagunça. Os três carregam gravadores, máquinas fotográficas, um estetoscópio, e o tempo todo gravam, fotografam e auscultam as pedras e as árvores enquanto tomam anotações)*

Mágico   – Esperem aí, silêncio! Vamos parar com essa bagunça. Quem são vocês?

Tião, Simão e Bastião   – Nós somos Tião, Simão e Bastião! Queremos entrar nesta curtição!

Tião   *(Pegando no cabelo da Sereia)* – Seu cabelo é natural ou é peruca?

Simão   *(Para Roque)* – Você sabe tocar *Quero que vá tudo pro inferno*[1]?

Bruxa   – Meu Deus, que coisa mais antiga!

Bastião   *(Para o Mágico)* – Você não quer tirar um cacho de bananas dessa cartola?

Mágico   – Silêncio, silêncio! Que é que vocês querem aqui?

Os três   – Queremos ficar morando com vocês. Estamos cansados daquele horrível Reino dos Homens.

Tião   – Lá só tem poluição.

Simão   – E apartamentos.

Bastião   – E filas.

Tião   – E automóveis.

---

1. Música de Roberto Carlos e Erasmo Carlos gravada por Roberto Carlos em 1965.

Simão	– Engarrafamentos.
Bastião	– E guerras.
Tião	– E novelas de televisão.
Simão	– E gente apressada.
Bastião	– E acidentes.
Tião	– É horrível.
Simão	– É terrível.
Bastião	– É medonho.
Tião	– E tétrico.
Simão	– É pavoroso.
Bastião	– É assustador.
Os três	– É catastrófico! (*Ajoelham-se, muito dramáticos*) – Pelo amor de Deus, não nos obriguem a voltar para lá! Nós não resistiríamos muito tempo!
Tião	– Eu teria que consultar um psiquiatra.
Simão	– Eu tentaria o suicídio.
Bastião	– Eu ia virar um criminoso.
Os três	– Nós enlouqueceríamos! Tenham piedade de nós!
Tião	– Eu sei cozinhar feijão, arroz e guisadinho.
Simão	– Eu sei varrer, lavar prato e pôr a mesa.
Bastião	– Eu sei costurar, pintar e bordar.
Os três	– Nós sabemos fazer muitíssimas coisas. Por favor, deixem-nos ficar!
Tião	– Aqui é tudo tão bonito. Eu fico doente só de pensar em ver um edifício de novo na minha frente. (*Atira-se ao chão, gemendo escandalosamente*) Não me obriguem a voltar!
Simão	– Bastião, traga os sais do Tião! Meu Deus, está tendo outra crise! Bem que o médico avisou que ele não podia ser contrariado. (*Bastião traz os sais. Tião aspira e melhora um pouco*)

Simão	(*Para os outros personagens, que estão muito espantados*) – Por favor, digam alguma coisa. (*Todos se entreolham, confusos*)
Bruxa	(*Muito agressiva*) – Olhem, por mim vocês podem pegar todas as suas trouxas e ir já embora. Não acredito numa única palavra de toda essa macaquice. (*Tião começa a ter outro ataque. Grande agitação*)
Mágico	– Que crueldade, Bruxa. Você não tem o direito de não acreditar neles.
Bastião	– É isso mesmo. Ela não tem o direito.
Bruxa	– Tenho, sim senhor. E não acredito mesmo. Vocês não me enganam com toda essa choradeira. Sinto de longe quando há malandragem. Vocês vão indo e eu já venho voltando. Por mim vocês podem dar o fora agora mesmo.
Sereia	– Você não é prefeita daqui para dar ordens assim.
Bruxa	– Não sou, mas devia ser. Então vocês não estão vendo que essa macacada aí está é fazendo fita?
Roque	– Calma, bicho, você está muito louca.
Bruxa	– Bicho é a sua namorada, que é peixe. E não estou louca coisíssima nenhuma. Vocês é que são loucos se deixarem essas coisas ficarem aqui.
Mágico	(*Muito polido*) – Mas em que é que você se baseia para ter essas suspeitas todas sobre a honra dos nossos amigos?
Bruxa	– Amigos seus. Eu não sou amiga de macaco nenhum, fique sabendo. E eu me baseio sabe em quê? No meu sétimo sentido. É uma coisa que só as bruxas de pano têm. Quem é de carne e osso como vocês não entende nada disso.
Soldadinho	– Desculpe, mas eu tenho uma solução democrática.

Bruxa	– Demo o quê?
Soldadinho	– De-mo-crá-ti-ca. Todo mundo tem o direito de dar sua opinião. A maioria vence. Vamos votar?
Os três	– Isso mesmo! Democracia, queremos a democracia!
Mágico	– Acho que é a solução mais honesta.
Bruxa	– Pois eu me recuso.
Sereia	*(Escandalizada)* – Que horror, Bruxa! Então você não é democrática?
Bruxa	– Sou, claro que sou. Mas não com essa macacada.
Mágico	– Então, quem achar que eles podem ficar vivendo entre nós, por favor, levante a mão. *(Todos se entreolham. Os macacos estão muito tensos. Depois de algum tempo, a Sereia bota a língua para a Bruxa e levanta a mão, decidida. Um a um os outros levantam a mão. Menos a Bruxa)*
Os três	– Então quer dizer que podemos ficar?
Todos	– Podem! *(Os macacos pulam, gritam e beijam todo mundo, tiram fotos, dançam, fazem uma grande algazarra)*
Bruxa	*(Saindo, furiosa)* – Não se esqueçam de que eu avisei. Essa macacada não vale nada. O meu sétimo sentido nunca me enganou. Vocês vão se arrepender amargamente. *(Sai)*
Mágico	– Muito bem. Agora vamos todos lá para dentro. Preciso dar algumas instruções a vocês antes da festa começar.
Sereia	– Eu não posso. Preciso dar um jeito no meu cabelo.
Tião	*(Para a Sereia)* – Mas está tão lindo assim, gentil donzela.

Sereia (*Muito faceira*) – Você acha mesmo? Eu estava me achando tão horrorosa... (*Apanha o pente e o espelho*)
Simão – Horrorosa é aquela bruxa de pano. Você está belíssima.
Bastião – Deslumbrante. (*Saem todos. Os macacos vão fazendo grandes reverências à Sereia*)

Cena 7

Sereia (*Escovando o cabelo*) – Uns rapazes tão gentis, tão bem-educados, tão finos. Um deles até me chamou de gentil donzela... disseram que eu estava belíssima... deslumbrante... Não sei o que a Bruxa foi achar neles para implicar tanto... Às vezes ela parece meia louca... (*Para o espelho*) Gentil donzela, que lindo! O Roque nunca me disse nada assim... Gentil donzela... que lindo...

(*A luz vai enfraquecendo aos poucos, até apagar completamente. Música suave. No escuro ouvem-se alguns ruídos abafados, como se alguém estivesse lutando. Depois volta o silêncio. A Sereia adormeceu.*)

Cena 8

Sereia (*Despertando*) – Parece que todo mundo enlouqueceu por aqui. (*Para a plateia*) Com licença, vou dar um jeitinho no meu cabelo. (*Procura o espelho e o pente*) Ué, onde estão o meu espelho e o meu pente? Gozado, tinha certeza que estavam aqui. (*Procura mais*) Será que alguém pegou? Vocês não viram nada? (*Nervosíssima*) Será que alguém pegou? Não posso ficar assim descabelada. Daqui a pouco começa a festa e o que o meu namorado Roque vai dizer? Que coisa mais estranha... Estavam bem aqui, em cima desta pedra. Um pente de ouro e um espelho com moldura também de ouro... Será que foi a Bruxa que pegou? Ela vive pegando as minhas coisas. Não posso perder aquele espelho, foram presentes de minha madrinha, a Fada dos Sete Mares, no dia em que fiz quinze anos. É o único pente no mundo capaz de pentear cabelos verdes como os meus.

Cena 9

Mágico *(Entra correndo, muito agitado)* – Sereia, aconteceu uma coisa muito estranha. Sumiu a minha cartola. Já procurei por tudo e não consigo encontrar.

Sereia – Sua cartola, Mágico, mas que coisa triste. Eu estou justamente procurando o meu pente e o meu espelho de ouro. Tinha deixado aqui em cima desta pedra, dormi um pouquinho e agora fui procurar e não achei.

Mágico *(Procurando pelo palco)* – Que estranho. Logo a minha cartola... *(Vai andando dando de costas e dá um encontrão em Roque, que vem entrando, também procurando alguma coisa)* Nossos objetos não podem desaparecer assim.

Cena 10

Mágico – Ei, Roque, você não viu minha cartola por aí?

Roque   *(Ao mesmo tempo)* – E você não viu minha guitarra por aí?

Sereia   – Roque, não me diga que a sua guitarra também desapareceu…

Roque   *(Procurando)* – Pois é, bicho. Você por acaso não a viu por aí? Que grilo! Logo agora, na hora da festa. Não tô sacando qual é. A guitarra tá sempre comigo… *(Os três podem improvisar, procurar pela plateia, chamar as crianças para ajudar)*

Mágico   *(Desanimado)* – Essa não. Vocês já viram um mágico sem cartola?

Sereia   – Isso não é nada. Pior é uma sereia sem pente nem espelho. Sabe o que a Fada dos Sete Mares me disse no dia em que me deu o presente? Que quando eu perdesse o pente e o espelho o meu cabelo ia começar a ficar preto. *(Leva as mãos à cabeça, apavorada)* Ih, acho que já está ficando… Sinto qualquer coisa preta na minha cabeça… Ai, que horror! Vou ser a única sereia do mundo com o cabelo preto! *(Começa a chorar)*

Roque   *(Consolando-a)* – Calma, calma, bicho. Daqui a pouco pinta o pente e o teu espelho.

Soldadinho   *(Entra correndo com a Bailarina pela mão)* – Gente, vocês não sabem o que aconteceu!

Mágico   – Claro que sei: nossos objetos de estimação desapareceram.

Soldadinho   – O meu regador também! *(Todos olham para ele e a Bailarina, que faz gestos como se tentasse expressar-se por mímica)* E desapareceu também a chave de dar corda na Bailarina. Ela só fala quando aquela musiquinha toca. Agora ficou muda. *(A Bailarina*

	corre a abraçar-se à Sereia, soluçando) Ela não vai mais poder dançar nem falar.
Sereia	*(Consolando a Bailarina)* – Não chore, meu bem. Que bela comunidade vai ficar a nossa: uma sereia morena, uma bailarina muda que não pode dançar, um soldadinho sem regador, um mágico sem cartola e um roqueiro sem guitarra…
Soldadinho	– Mas isso não é possível! Precisamos fazer alguma coisa.
Mágico	*(Subindo numa pedra)* – Em vista da gravidade dos últimos acontecimentos, fica decretado o estado de sítio na Comunidade do Arco-Íris: ninguém entra, ninguém sai. Vamos fazer uma reunião geral imediatamente. Está todo mundo aqui?
Roque	– Faltam os macacos, bicho!
Sereia	– E a Bruxa de Pano! Aposto como ela está metida nisso…
Mágico	– Onde é que andam aqueles macacos? *(Chamando)* Tião, Bastião, Simão!
Tião	– Aconteceu alguma coisa?
Sereia	– Ei, vocês estavam comendo os doces antes da festa!
Tião	*(Disfarçando)* – Eu não.
Sereia	– Estavam, sim. Eu vi.
Roque	– Deixa pra lá, bicho.
Mágico	– É, isso agora não tem importância. *(Em tom discursivo)* Senhores macacos: aconteceu uma coisa muito séria. Uma coisa que nunca havia acontecido antes na nossa comunidade. Uma coisa terrível, horrível, inconcebível, que nos desgosta pro-fun-da-men-te…

Simão	– Já sei! Subiu o preço da banana! *(Os três têm uma crise histérica e se jogam ao chão, gritando)*
Bastião	– Que desgraça! Vamos morrer de fome!
Roque	– Não é nada disso, bicho.
Mágico	– Calma, calma. Não subiu o preço nem da banana, nem do abacate, nem do abacaxi.
Tião	– Bem, então se não foi isso... Não consigo imaginar nada mais terrível, horripilante e inconcebível.
Soldadinho	*(Com voz cavernosa)* – Roubo!
Tião	– Roubo?
Bastião	– Furto?
Simão	– Afanação?
Mágico	– Sim, senhores. Enquanto nós nos preparávamos para a festa, uma criatura desnaturada, vil e infame cometeu um nefasto crime: roubou a minha cartola.
Soldadinho	– E o meu regador.
Roque	– E a minha guitarra, bicho.
Sereia	– E o meu pente e o meu espelho de ouro. E a chave de dar corda à Bailarina. Agora ela não pode mais falar nem dançar. *(Todos se lamentam. Os macacos cochicham entre si por um instante)*
Tião	– Um momento. Nós sabemos quem foi.
Simão	– Foi uma pessoa que não está presente...
Bastião	– Uma criatura desnaturada.
Tião	– Vil.
Simão	– E infame.
Bastião	– Uma criatura de pano.
Tião	– Com um chapéu de flores.
Simão	– E um xale muito colorido.

Sereia	– A Bruxa de Pano?
Macacos	– Ela mesma! Ela mesma!
Mágico	– Não acredito. A Bruxa sempre foi uma criatura de bons sentimentos. Um pouco... bem, um pouco atacada de vez em quando, mas jamais seria capaz de fazer uma coisa dessas...
Tião	– Então por que é que ela não está aqui, agora?
Roque	– Ela saiu daqui trigrilada[1]!
Simão	– E antes de sair disse que vocês todos iam se arrepender amargamente.
Bastião	– Está tudo muito claro: ela ficou zangada porque não queria que nós ficássemos aqui e resolveu se vingar.
Macacos	– Está na cara que foi ela.
Mágico	– Não posso acreditar.
Sereia	– Mas todas as provas são contra ela.
Mágico	– Isso é muito grave. Eu não sei o que fazer. *(Grande agitação. Todos consultam e falam ao mesmo tempo)*
Soldadinho	– Tenho uma ideia: acho que a gente deve fazer uma expedição de busca.
Sereia	– Uma o quê?
Soldadinho	– Uma expedição de busca: dividimos as pessoas em dois grupos e saímos a procurar a Bruxa.
Tião	*(Muito nervoso)* – Não! Isso não!
Simão e Bastião	*(Em coro)* – Não, não!
Mágico	– Mas por que não? Acho que é o único jeito de encontrarmos as nossas coisas.
Sereia	– Também acho. Não entendo por que é que vocês não querem.

1. Muito grilada, inquieta.

Macacos	(*Cochichando, muito nervosos*) – Está bem, já que vocês insistem.
Tião	– Eu, Simão e Bastião vamos aqui pela esquerda.
Mágico	– Está certo. Eu, o Soldadinho e o Roque vamos pela direita.
Sereia	– E nós?
Tião	(*Com uma reverência*) – As damas ficam esperando. (*Saem*)
Soldadinho	– Cuide bem da Bailarina. (*Saem*)

Cena II

Sereia	– E agora, meu Deus? Às vezes me dá uma raiva de ser mulher. Nos momentos difíceis os homens é que saem por aí. As mulheres sempre ficam em casa esperando, choramingando e torcendo as mãos. (*Olha para a Bailarina. Ambas choram e torcem as mãos*) Veja só, Bailarina, como as pessoas podem nos enganar. Quem diria... a Bruxa de Pano, que parecia tão nossa amiga, uma ladra... E logo no dia de nosso aniversário... Que papelão! Uma ladra...
Bruxa	(*Aparecendo de repente com uma bolsa cheia de coisas*) – Ladra? Ladra é a excelentíssima senhora sua avó, fique sabendo.
Sereia	– Você? Como é que você tem coragem de voltar aqui depois do que fez? (*Gritando*) Bailarina, faça alguma coisa. Segure ela, não está vendo que eu não posso sair do lago? (*Bailarina corre e segura a Bruxa*)
Bruxa	– Então vocês estão pensando que fui eu quem roubou todos aqueles cacarecos? Deixem de frescura, suas bobalhonas. (*Abrindo a bolsa – a musi-*

quinha da Bailarina pode ser um cinto em forma de pauta musical, com uma clave de sol como fivela) Aqui está a chave de sua musiquinha, dona Bailarina; e aqui estão o seu pente e o seu espelho de ouro, dona Sereia.

Bailarina (*Dançando, muito contente*) — Eu sabia, Bruxinha, eu sabia que você não faria uma coisa dessas.

Sereia (*Penteando-se, felicíssima*) — Mas... mas se não foi você, então quem foi?

Bruxa — Adivinhe...

Bailarina — Se não foi você, nem eu, nem a Sereia...

Sereia — Nem o Mágico, nem o Roque, nem o Soldadinho, então...

Bruxa — Então?

Sereia e Bailarina — Os macacos!

Bruxa — Claro, suas tontas. Não sei como não perceberam desde o início. Bem que eu avisei. O meu sétimo sentido nunca me enganou.

Bailarina — Mas não entendo por que eles fariam uma coisa dessas...

Bruxa — Pois eu vou contar direitinho pra vocês. Foi assim (*Barulho fora de cena*)... Mas acho que vem gente por aí. É melhor eu me esconder no meio das crianças. Vocês façam de conta que não sabem de nada. Vamos desmascarar aqueles três. (*Desce para a plateia*)

Cena 12

Tião (*Entrando*) — Foi inútil. Não conseguimos encontrar a criminosa.

30

Bastião — A essa hora ela deve andar longe.

Simão — Deve ter tomado o primeiro trem para bem longe daqui.

Tião *(Fazendo uma reverência para a Bailarina)* — Mas a senhorita está tão corada, dona Bailarina, com um ar tão satisfeito. O que foi que houve com Vossa Balerinência? Nem parece uma Bailarina sem música… *(A Bailarina começa a dançar, lentamente)*

Bastião *(Cutucando Simão)* — Simão, veja, ela está dançando novamente!

Simão — E o que tem isso? Ela não é uma bailarina?

Tião *(Muito nervoso)* — Sim, mas nós… quero dizer, a Bruxa de Pano tinha roubado a musiquinha dela. Se ela está dançando de novo é porque…

Simão *(Gritando)* — A Sereia está penteando o cabelo!

Bastião	– Companheiros, acho que está na hora de darmos o fora. Meia-volta, volver. *(Preparam-se para fugir)*
Bruxa	*(Da plateia)* – Segura a macacada! Ladrões, mentirosos!
Tião	– A ladra voltou! Segurem a Bruxa!
Bruxa	*(Subindo ao palco)* – Ladra, eeeeu? Ladrão é você, sua fera peluda!
Bastião	– Fera peluda é a sua avó, sua... sua... colcha de retalhos.
Bruxa	– Vocês vão ficar aí parados enquanto esse monstro me ofende? Crianças, vamos pegar a macacada. *(Pode improvisar uma correria com as crianças atrás dos três macacos, até apanhá-los)*

Cena 13

Mágico	*(Entrando, com Soldadinho e Roque)* – Mas o que é que está acontecendo por aqui?
Bruxa	– O que está acontecendo, senhoras e senhores, é que nós acabamos de prender os ladrões. E tenho uma surpresa para vocês. *(Avança para Tião, que resiste até que a Bruxa consiga abrir um zíper na roupa de macaco. Surge um homem de terno e gravata. Bastião e Simão se esgueiram de mansinho)*
Sereia	– Meu Deus, é um homem!
Bruxa	– É, sim. E um homem mau-caráter, ainda por cima. E os outros dois também. Roque, eles estão fugindo! *(Roque e Soldadinho conseguem apanhar Bastião e Simão. Para a Sereia, para a Bailarina:)* Senhoritas, querem ter a honra de desmascarar esses

	malandros? *(Elas puxam os fechos e aparecem mais dois homens)* Fiquem sabendo que com a Bruxa de Pano ninguém brinca.
Mágico	– Bruxa, ninguém está entendendo nada. Você quer fazer o favor de explicar?
Bruxa	– É muito simples. Depois que vocês decidiram que eles podiam ficar morando aqui, com a tal de democracia, eu resolvi ir atrás deles para ver se descobria alguma coisa. Fiquei em cima duma árvore espiando. Eles foram para a beira do rio, tiraram os disfarces de macacos e começaram a planejar o roubo das coisas de vocês. Eu fiquei tão nervosa que escorreguei da árvore e caí bem em cima de um deles. Aí eles me deixaram lá, amarrada. Mas estavam com tanta pressa que não amarraram direito, eu consegui me desamarrar e vim correndo para cá. E sabem quem eles são? São espiões! Isso mesmo: três espiões do Reino dos Homens! Foram enviados para acabar com a nossa comunidade.
Mágico	*(Para Tião)* – Isso é verdade?
Tião	*(Muito humilde)* – É.
Mágico	– Mas por que os homens querem acabar com a nossa comunidade? Nós não estamos fazendo mal para ninguém.
Tião	– É que todo mundo anda falando que vocês vivem de um modo diferente.
Bastião	– Que aqui o trabalho é dividido entre todos, todos constroem as suas casas, fazem as suas roupas, comem o que plantam.
Simão	– E as pessoas vivem bem e são felizes. Tem gente com medo de que esse modo de vida chegue à cidade.

Tião	– Fomos enviados para impedir que isso aconteça. Nos deram ordem de fotografar e gravar tudo.
Bastião	– Nós queríamos que vocês começassem a brigar entre vocês mesmos, até todo mundo voltar para a cidade.
Simão	– Mas agora nós gostamos daqui. Por favor, não nos obriguem a voltar para lá.
Tião	– Para os ônibus.
Bastião	– Os automóveis.
Simão	– O barulho dos automóveis.
Tião	– A televisão.
Bastião	– O barulho da televisão.
Simão	– As ruas cheias de gente.
Tião	– Os apartamentos.
Bastião	– As guerras.
Simão	– O custo de vida.
Os três	– Por favor, deixem-nos ficar!
Simão	– Eu quero ouvir os passarinhos cantarem livremente. Lá os passarinhos estão quase todos engaiolados.
Bastião	– Eu quero tomar banho de rio. Lá todos os rios estão poluídos.
Tião	– Eu quero pisar descalço na grama. Lá é proibido pisar na grama.
Os três	– Por favor, por favor!
Mágico	– Mas o que vocês fizeram não foi legal! O que é que você acha, Bruxa?
Tião	– Bruxinha, por favor, nós estamos arrependidos.
Bruxa	*(Indecisa)* – Não sei. Acho que o melhor seria mandá-los de volta para lá.

Sereia	— Coitados. É horrível lá na cidade.
Roque	— É, mas não pensem que aqui tudo é fácil. Nós estamos batalhando e mesmo assim pintam grilos!
Bailarina	— Afinal, estamos buscando, procurando juntos um modo de viver melhor.
Soldadinho	— Quem sabe a gente usa outra vez a democracia?
Bailarina	— Como assim?
Soldadinho	— Vamos fazer uma votação com as crianças. A maioria vence. Quem acha que eles devem ficar levanta a mão.
Mágico	— Eu acho que eles devem ser perdoados. Parecem mesmo arrependidos. E perdoar é uma coisa muito bonita. *(Aqui os atores improvisam uma pequena votação com a plateia, que decide se os macacos ficam ou não)*
Bruxa	*(Abrindo a bolsa)* — Acho que agora podemos começar a festa. *(Vai entregando a guitarra, a cartola e o regador)*
Sereia	— Bruxa, querida, quero lhe pedir desculpas por ter pensado tão mal de você.
Bruxa	— É pra você ver. Não falei que tinha um sétimo sentido?
Soldadinho	— Viva a Comunidade do Arco-Íris!
Todos	*(Cantam)*

Passarinho, flor do campo, borboleta
nuvem clara, céu azul e sol brilhante
nada disso tem lá na cidade
nada disso tem lá na cidade.

Se você quer conhecer a felicidade
venha, venha morar na nossa comunidade

venha, venha, venha logo, não duvides,
morar na Comunidade do Arco-Íris.

(O final deveria ser uma festa, com as crianças subindo ao palco e os atores oferecendo doces, bebidas, balões. Na impossibilidade disso, basta a canção para finalizar A Comunidade do Arco-Íris.*)*

Agradecemos à Editora Agir a autorização para a publicação da peça, originalmente impressa em: ABREU, Caio Fernando. *Teatro completo*. Porto Alegre, Sulina/Instituto Estadual do Livro, 1999.

Caio Fernando Abreu

andre Tokitaka

nasceu na interiorana Santiago do Boqueirão, no Rio Grande do Sul, em 1948. Mas também morou no Rio de Janeiro, em Estocolmo, Londres, Campinas, São Paulo e Porto Alegre. Foi *hippie*, participou do movimento da contracultura e, no início da década de 1970, passou a publicar seus contos e romances, logo reconhecidos e premiados pela crítica.

Os temas da solidão, morte, sexualidade e tolerância frente à diferença sempre estiveram presentes em seus textos, inclusive em seu teatro, reunido em um único volume nos anos 1990. Fez Letras e Artes Cênicas, mas abandonou os cursos antes de concluí-los e foi escrever em revistas de grande circulação, como *Manchete*, *Nova* e *Veja*, e no jornal *O Estado de S.Paulo*. A peça *A Comunidade do Arco-Íris*, de 1979, permite-nos conhecer uma face do seu talento pouco explorada por ele: a de escritor de textos infantojuvenis.

Morou com a escritora Hilda Hilst e reafirmava sempre sua admiração pelas cantoras brasileiras e por Clarice Lispector. Vitimado pela Aids, experiência sobre a qual passaria a escrever nos últimos anos de vida, morreu na capital gaúcha, em 1996, onde se dedicava à prática da jardinagem.

O pagador de promessas
Dias Gomes

Zé-do-Burro é um homem da roça, simples, ingênuo e bom, casado com a bela e sensual Rosa. Ambos partem do campo, andando mais de quarenta quilômetros para chegar à porta de uma igreja no centro de Salvador. Tudo porque Zé precisa pagar uma promessa feita a Santa Bárbara em um terreiro de Iansã, em agradecimento pela cura de seu melhor amigo, Nicolau. Para isso, entraria na igreja carregando uma pesada cruz de madeira.

No entanto, arma-se um conflito: o padre do local, intolerante e autoritário, resolve impedir o cumprimento da tarefa do humilde lavrador. Com o passar das horas, a imprensa vai fazendo de Zé, contra sua própria vontade, uma espécie de novo herói popular, um mártir revolucionário. Por outro lado, o mulato Bonitão, malandro frio, brutal e insensível, acaba se aproveitando da situação e seduzindo a esposa de Zé. Ao final do dia, tachado de desordeiro, Zé-do-Burro recebe voz de prisão e resiste. Acaba morto pela polícia, sendo seu corpo posto sobre a cruz que penosamente carregara.

Com uma bem dosada combinação de humor e crítica social, a cena que você vai ler mostra o primeiro e decisivo encontro entre Zé e o padre, pouco antes da missa das seis da manhã.

Personagens

 Zé-do-Burro

 Padre

 Sacristão

 Beata

 Bonitão

O pagador de promessas
(Primeiro ato)

Primeiro quadro

Cenário: Ao subir o pano, a cena está quase às escuras. Apenas um jato de luz, da direita, lança alguma claridade sobre o cenário. Mesmo assim, após habituar a vista, o espectador identificará facilmente uma pequena praça, onde desembocam duas ruas. Uma à direita, seguindo a linha da ribalta, outra à esquerda, ao fundo, de frente para a plateia, subindo, enladeirada e sinuosa, no perfil de velhos sobrados coloniais. Na esquina da rua da direita, vemos a fachada de uma igreja relativamente modesta, com uma escadaria de quatro ou cinco degraus. Numa das esquinas da ladeira, do lado oposto, há uma vendola, onde também se vende café, refresco, cachaça etc.; a outra esquina da ladeira é ocupada por um sobrado cuja fachada forma ligeira barriga pelo acúmulo de andares não previsto inicialmente. O calçamento da ladeira é irregular e na fachada dos sobrados veem-se alguns azulejos estragados pelo tempo. Enfim, é uma paisagem tipicamente baiana, da Bahia velha e colonial, que ainda hoje resiste à avalancha urbanística moderna.

Devem ser, aproximadamente, quatro e meia da manhã. Tanto a igreja como a vendola estão com suas portas cerradas. Vem de longe o som dos atabaques dum candomblé distante, no toque de Iansan. Decorrem alguns segundos até que Zé-do-Burro surja, pela rua da direita, carregando nas costas uma enorme e pesada cruz de madeira. A passos lentos, cansado, entra na praça, seguido de Rosa, sua mulher. Ele é um homem ainda moço, de 30 anos presumíveis, magro, de estatura média. Seu olhar é morto, contemplativo. Suas feições transmitem bondade, tolerância e há em seu rosto um "quê" de infantilidade.

Seus gestos são lentos, preguiçosos, bem como sua maneira de falar. Tem barba de dois ou três dias e traja-se decentemente, embora sua roupa seja mal talhada e esteja amarrotada e suja de poeira. Rosa parece pouco ter de comum com ele. É uma bela mulher, embora seus traços sejam um tanto grosseiros, tal como suas maneiras. Ao contrário do marido, tem "sangue quente". É agressiva em seu "sexy", revelando, logo à primeira vista, uma insatisfação sexual e uma ânsia recalcada de romper com o ambiente em que se sente sufocar. Veste-se como uma provinciana que vem à cidade, mas também como uma mulher que não deseja ocultar os encantos que possui...

Segundo quadro

(As luzes voltam a acender-se, lentamente, até dia claro. Ouvem-se, distante, ruídos esparsos da cidade que acorda. Um ou outro buzinar, foguetes estouram saudando Iansan, a Santa Bárbara nagô, e o sino da igreja começa a chamar para a missa das seis. Mas nada disso acorda Zé-do-Burro. Entra, pela ladeira, a Beata. Toda de preto, véu na cabeça, passinho miúdo, vem apressada, como se temesse chegar atrasada. Passa por Zé-do-Burro e a cruz sem notá-los. Para diante da escada e resmunga.)

Beata — Porta fechada. É sempre assim. A gente corre, com medo de chegar atrasada e quando chega aqui a porta está fechada. Por que não abrem primeiro a porta, pra depois tocar o sino? Não, primeiro tocam o sino, depois abrem a porta. Isso é esse sacristão. *(Para de resmungar ao ver a cruz. Ajeita os óculos, como se não acreditasse no que está vendo. Aproxima-se e examina detalhadamente a cruz e o seu dono adormecido. Sua expressão é da maior estranheza)* Virgem Santíssima!

(*Neste momento, abre-se a porta da igreja e surge o Sacristão. É um homem de perto de 50 anos. Sua mentalidade, porém, anda aí pelos quatorze. Usa óculos de grossas lentes, é míope. O cabelo teima em cair-lhe na testa, acentuando a aparência de retardado mental. Ele parece bêbedo de sono. Boceja largamente, ruidosamente, depois de abrir a primeira banda da porta. Espreguiça-se e solta um longo gemido. Depois que abre toda a porta, encosta-se por um momento no portal e cochila, sem dar pela Beata, que se aproxima.*)

Beata   (*Dá-lhe uma leve cotovelada*) – Ei, rapaz...

Sacristão   (*Desperta muito assustado*) Sim, padre, já vou!...

Beata   – Que padre coisa nenhuma...

Sacristão   – Ah, é a senhora...

Beata   – Vou me queixar ao padre Olavo dessa sua mania de bater o sino antes de abrir a porta da igreja. Eu ouço o toque, venho pondo as tripas pela boca, chego aqui a porta ainda está fechada.

Sacristão   – Também por que a senhora vem logo na missa das seis? Por que não vem mais tarde?

Beata   (*Malcriada*) – Porque quero. Porque não é da sua conta. (*Aponta para a cruz*) Que é isso?

Sacristão   – Isso o quê?

Beata   – Está vendo não? Uma cruz enorme no meio da praça...

Sacristão   (*Apura a vista*) – Ah, sim... agora percebo... é uma cruz de madeira... e parece que há um homem dormindo junto dela...

Beata   – Vista prodigiosa a sua! Claro que é uma cruz de madeira e que há um homem junto dela. O que eu quero saber é a razão disso.

Sacristão   – Não sei... como quer que eu saiba? Por que a senhora não pergunta a ele!

Beata	(*Bruscamente*) – Eu é que não vou perguntar coisa nenhuma!
Sacristão	– Talvez ele tenha desgarrado da procissão...
Beata	– Que procissão? De Santa Bárbara? A procissão ainda não saiu. E já viu alguém carregar cruz em procissão? Nem na do Senhor Morto. (*Benze-se e entra apressadamente na igreja*)

(*O Sacristão aproxima-se de Zé-do-Burro, curioso. É quando entra Bonitão, pela ladeira. Ele vê a igreja aberta, estranha.*)

Bonitão	– Oxente...
Sacristão	(*Olha-o aparvalhado*) – É uma cruz mesmo...
Bonitão	– E que pensou você que fosse? Um canhão? (*Aproxima-se de Zé-do-Burro*) Sono de pedra... não acordou nem com os foguetes de Santa Bárbara. Dizem que é assim que dormem as pessoas que têm a consciência tranquila e a alma leve... (*Cínico*) Eu também sou assim, quando caio na cama é um sono só. (*Sacode Zé-do-Burro*) Camarado... oh, meu camarado!...
Zé	(*Desperta*) – Oh, já é dia...
Bonitão	– Já. E a igreja já está aberta, você pode entregar o carreto.
Zé	(*Levanta-se, com dificuldade, os músculos adormecidos e doloridos*) – É verdade...
Bonitão	– Eu voltei aqui pra lhe dizer o número do quarto de sua mulher. É o 27. Um bom quarto, no segundo andar. (*Apressadamente*) Pelo menos foi o que o porteiro me garantiu.
Zé	– Ah, obrigado.
Bonitão	– O hotel é aquele ali, o primeiro, logo depois de subir a ladeira e dobrar à direita. Hotel Ideal. Eu

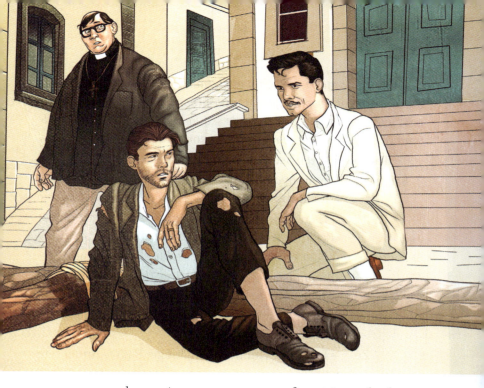

                demorei um pouco porque fiquei jogando damas com o porteiro.

Sacristão   (*Vivamente interessado*) – Ganhou?
Bonitão   – Empatamos.
Sacristão   – Ah, eu também sou louco por damas!
Bonitão   (*Examina-o de cima a baixo*) – Francamente, ninguém diz…

(*Padre Olavo surge na porta da igreja.*)

Sacristão   (*Como se tivesse sido surpreendido em falta*) – Padre Olavo!…
Zé   – Preciso falar com ele…

(*Sacristão dirige-se apressadamente à igreja. Para na porta, ante o olhar intimidador de Padre Olavo. É um padre moço ainda. Deve contar, no máximo, quarenta anos. Sua convicção religiosa aproxima-se do fanatismo. Talvez, no fundo, isto seja uma prova de falta*

45

de convicção e autodefesa. Sua intolerância – que o leva, por vezes, a chocar-se contra princípios de sua própria religião e a confundir com inimigos aqueles que estão de seu lado – não passa, talvez, de uma couraça com que se mune contra uma fraqueza consciente.)

Padre — (Para o Sacristão) – Que está fazendo aí?
Sacristão — (À guisa de defesa) – Estava conversando com aqueles homens.
Padre — – E eu lá dentro à sua espera para ajudar à missa. (Repara em Bonitão e Zé-do-Burro) Quem são?
Sacristão — – Não sei. Um deles quer falar com o senhor.
Zé — (Adianta-se) – Sou eu, padre. (Inclina-se, respeitoso, e beija-lhe a mão)
Padre — – Agora está na hora da missa. Mais tarde, se quiser...
Zé — – É que eu vim de muito longe, Padre. Andei sete léguas...
Padre — – Sete léguas? Para falar comigo?
Zé — – Não, pra trazer esta cruz.
Padre — (Olha a cruz, detidamente) – E como a trouxe... num caminhão?
Zé — – Não, Padre, nas costas.
Sacristão — (Expandindo infantilmente a sua admiração) – Menino!
Padre — (Lança-lhe um olhar enérgico) – Psiu! Cale a boca! (Seu interesse por Zé-do-Burro cresce) Sete léguas com essa cruz nas costas. Deixe ver seu ombro.

(Zé-do-Burro despe um lado do paletó, abre a camisa e mostra o ombro. Sacristão espicha-se todo para ver e não esconde a sua impressão.)

Sacristão — – Está em carne viva!
Padre — (Parece satisfeito com o exame) – Promessa?

Zé   (*Balança afirmativamente a cabeça*) – Pra Santa Bárbara. Estava esperando abrir a igreja...

Sacristão   – Deve ter recebido dela uma graça muito grande!

(*Padre faz um gesto nervoso para que o Sacristão se cale.*)

Zé   – Graças a Santa Bárbara, a morte não levou o meu melhor amigo.

Padre   (*Parece meditar profundamente sobre a questão*) – Mesmo assim, não lhe parece um tanto exagerada a promessa? E um tanto pretensiosa também?

Zé   – Nada disso, seu Padre. Promessa é promessa. É como um negócio. Se a gente oferece um preço, recebe a mercadoria, tem que pagar. Eu sei que tem muito caloteiro por aí. Mas comigo, não. É toma lá, dá cá. Quando Nicolau adoeceu, o senhor não calcula como eu fiquei.

Padre   – Foi por causa desse... Nicolau que você fez a promessa?

Zé   – Foi. Nicolau foi ferido, seu Padre, por uma árvore que caiu, num dia de tempestade.

Sacristão   – Santa Bárbara! A árvore caiu em cima dele?!

Zé   – Só um galho, que bateu de raspão na cabeça. Ele chegou em casa, escorrendo sangue de meter medo! Eu e minha mulher tratamos dele, mas o sangue não havia meio de estancar.

Padre   – Uma hemorragia.

Zé   – Só estancou quando eu fui no curral, peguei um bocado de bosta de vaca e taquei em cima do ferimento.

Padre   (*Enojado*) – Mas meu filho, isso é atraso! Uma porcaria!

Zé   – Foi o que o doutor disse quando chegou. Man-

	dou que tirasse aquela porcaria de cima da ferida, que senão Nicolau ia morrer.
Padre	– Sem dúvida.
Zé	– Eu tirei. Ele limpou bem a ferida e o sangue voltou que parecia uma cachoeira. E quede que o doutor fazia o sangue parar? Ensopava algodão e mais algodão e nada. Era uma sangueira que não acaba mais. Lá pelas tantas, o homenzinho virou pra mim e gritou: corre, homem de Deus, vai buscar mais bosta de vaca, senão ele morre!
Padre	– E... o sangue estancou?
Zé	– Na hora. Pois é um santo remédio. Seu vigário sabia? Não sendo de vaca, de cavalo castrado também serve. Mas há quem prefira teia de aranha.
Padre	– Adiante, adiante. Não estou interessado nessa medicina.
Zé	– Bem, o sangue estancou. Mas Nicolau começou a tremer de febre e no dia seguinte aconteceu uma coisa que nunca tinha acontecido: eu saí de casa e Nicolau ficou. Não pôde se levantar. Foi a primeira vez que isso aconteceu, em seis anos: eu saí, fui fazer compras na cidade, entrei no Bar do Jacob pra tomar uma cachacinha, passei na farmácia de "seu" Zequinha pra saber das novidades – tudo isso sem Nicolau. Todo mundo reparou, porque quem quisesse saber onde eu estava, era só procurar Nicolau. Se eu ia na missa, ele ficava esperando na porta da igreja...
Padre	– Na porta? Por que ele não entrava? Não é católico?
Zé	– Tendo uma alma tão boa, Nicolau não pode deixar de ser católico. Mas não é por isso que ele não entra na igreja. É porque o vigário não deixa.

Padre   — (*Com grande tristeza*) Nicolau teve o azar de nascer burro.... de quatro patas.
Padre   — Burro?! Então esse... que você chama de Nicolau, é um burro?! Um animal?!
Zé   — Meu burro... sim senhor.
Padre   — E foi por ele, por um burro, que fez essa promessa?
Zé   — Foi... é bem verdade que eu não sabia que era tão difícil achar uma Igreja de Santa Bárbara, que ia precisar andar sete léguas pra encontrar uma, aqui na Bahia...
Bonitão   (*Que assistiu a toda a cena, um pouco afastado, solta uma gargalhada grosseira*) — Ele se estrepou...

(*Padre Olavo olha-o, surpreso, como se só agora tivesse notado a sua presença. Bonitão para de rir quase de súbito, desarmado pelo olhar enérgico do padre.*)

Zé   — Mas mesmo que soubesse, eu não deixava de fazer a promessa. Porque quando vi que nem as rezas do preto Zeferino davam jeito...
Padre   — Rezas?! Que rezas?!
Zé   — Seu vigário me desculpe... mas eu tentei de tudo. Preto Zeferino é rezador afamado na minha zona: sarna de cachorro, bicheira de animal, peste de gado, tudo isso ele cura com duas rezas e três rabiscos no chão. Todo o mundo diz... e eu mesmo, uma vez, estava com uma dor de cabeça danada, que não havia meio de passar... Chamei preto Zeferino, ele disse que eu estava com o Sol dentro da cabeça. Botou uma toalha na minha testa, derramou uma garrafa d'água, rezou uma oração, o sol saiu e eu fiquei bom.

Padre — Você fez mal, meu filho. Essas rezas são orações do demo.

Zé — Do demo, não senhor.

Padre — Do demo, sim. Você não soube distinguir o bem do mal. Todo homem é assim. Vive atrás do milagre em vez de viver atrás de Deus. E não sabe se caminha para o céu ou para o inferno.

Zé — Para o inferno? Como pode ser, padre, se a oração fala em Deus? *(Recita)* "Deus fez o Sol, Deus fez a luz, Deus fez toda a claridade do Universo grandioso. Com Sua Graça eu te benzo, te curo. Vai-te Sol, da cabeça desta criatura para as ondas do Mar Sagrado, com os santos poderes do Padre, do Filho e do Espírito Santo". Depois rezou um Padre-Nosso e a dor de cabeça sumiu no mesmo instante.

Sacristão — Incrível!

Padre — Meu filho, esse homem era um feiticeiro.

Zé — Como feiticeiro, se a reza é pra curar!

Padre — Não é para curar, é para tentar. E você caiu em tentação.

Zé — Bem, eu só sei que fiquei bom. *(Noutro tom)* Mas com o Nicolau não houve reza que fizesse ele levantar. Preto Zeferino botou o pé na cabeça do coitado, disse uma porção de orações e nada. Eu já estava começando a perder a esperança. Nicolau de orelhas murchas, magro de se contar as costelas. Não comia, não bebia, nem mexia mais com o rabo para espantar as moscas. Eu vi que nunca mais ia ouvir os passos dele me seguindo por toda a parte, como um cão. Até me puseram um apelido por causa disso: Zé-do-Burro. Eu não me importo. Não acho que seja ofensa. Nicolau não é um burro como os outros. É um burro com alma de gente. E faz isso por amizade, por dedicação. Eu nunca monto nele, prefiro andar a pé ou a cavalo. Mas de um modo ou de outro, ele vem atrás. Se eu entrar numa casa e me demorar duas horas, duas horas ele espera por mim, plantado na porta. Um burro desses, seu padre, não vale uma promessa?

Padre   *(Secamente, contendo ainda a sua indignação)* – Adiante.

Zé   – Foi então que comadre Miúda me lembrou: por que eu não ia no candomblé de Maria de Iansan?

Padre   – Candomblé?!

Zé   – Sim, é um candomblé que tem duas léguas adiante da minha roça. *(Com a consciência de quem cometeu uma falta, mas não muito grave)* Eu sei que seu Vigário vai ralhar comigo. Eu também nunca fui muito de frequentar terreiro de candomblé. Mas o pobre Nicolau estava morrendo. Não custava tentar. Se não fizesse bem, mal não fazia. E eu fui. Contei pra Mãe de Santo o meu caso. Ela disse que era mesmo com Iansan, dona dos raios e das trovoadas. Iansan tinha ferido Nicolau... pra ela eu devia fazer uma obrigação, quer dizer: uma promessa. Mas tinha que ser uma promessa bem grande, porque Iansan, que tinha ferido Nicolau com um raio, não ia voltar atrás por qualquer bobagem. E eu me lembrei então que Iansan é Santa Bárbara e prometi que se Nicolau ficasse bom eu carregava uma cruz de madeira de minha roça até a Igreja dela, no dia de sua festa, uma cruz tão pesada como a de Cristo.

Padre (*Como se anotasse as palavras*) – Tão pesada como a de Cristo. O senhor prometeu isso a...
Zé – A Santa Bárbara.
Padre – A Iansan!
Zé – É a mesma coisa...
Padre (*Grita*) – Não é a mesma coisa! (*Controla-se*) Mas continue.
Zé – Prometi também dividir minhas terras com os lavradores pobres, mais pobres que eu.
Padre – Dividir? Igualmente?
Zé – Sim, padre, igualmente.
Sacristão – E Nicolau... quero dizer, o burro, ficou bom?
Zé – Sarou em dois tempos. Milagre. Milagre mesmo. No outro dia já estava de orelha em pé, relinchando. E uma semana depois todo o mundo me apontava na rua: – "La vai Zé-do-Burro com o burro de novo atrás!" (*Ri*) E eu nem dava confiança. E Nicolau muito menos. Só eu e ele sabíamos do milagre. (*Como que retificando*) Eu, ele e Santa Bárbara.
Padre (*Procurando inicialmente controlar-se*) – Em primeiro lugar, mesmo admitindo a intervenção de Santa Bárbara, não se trataria de um milagre, mas apenas de uma graça. O burro podia ter-se curado sem intervenção divina.
Zé – Como, Padre, se ele sarou de um dia pro outro...
Padre (*Como se não o ouvisse*) – E além disso, Santa Bárbara, se tivesse de lhe conceder uma graça, não iria fazê-lo num terreiro de candomblé!
Zé – É que na capela do meu povoado não tem uma imagem de Santa Bárbara. Mas no candomblé tem uma imagem de Iansan, que é Santa Bárbara...

52

Padre   (*Explodindo*) – Não é Santa Bárbara! Santa Bárbara é uma santa católica! O senhor foi a um ritual fetichista. Invocou uma falsa divindade e foi a ela que prometeu esse sacrifício!

Zé   – Não, padre, foi a Santa Bárbara! Foi até a igreja de Santa Bárbara que prometi vir com a minha cruz! E é diante do altar de Santa Bárbara que vou cair de joelhos daqui a pouco, pra agradecer o que ela fez por mim!

Padre   (*Dá alguns passos de um lado para outro, de mão no queixo e por fim detém-se diante de Zé-do-Burro, em atitude inquisitorial*) – Muito bem. E que pretende fazer depois... depois de cumprir a sua promessa?

Zé   (*Não entendeu a pergunta*) – Que pretendo? Voltar pra minha roça, em paz com a minha consciência e quites com a santa.

Padre   – Só isso?

Zé   – Só...

Padre   – Tem certeza? Não vai pretender ser olhado como um novo Cristo?

Zé   – Eu?!

Padre   – Sim, você. Você que acaba de repetir a Via-Crúcis, sofrendo o martírio de Jesus. Você que, presunçosamente, pretende imitar o Filho de Deus...

Zé   (*Humildemente*) – Padre... eu não quis imitar Jesus...

Padre   (*Corta terrível*) – Mentira! Eu gravei suas palavras! Você mesmo disse que prometeu carregar uma cruz *tão pesada quanto a de Cristo*.

Zé   – Sim, mas isso...

Padre   – Isso prova que você está sendo submetido a uma tentação ainda maior.

Zé — Qual, padre?

Padre — A de igualar-se ao Filho de Deus.

Zé — Não, padre.

Padre — Por que então repete a Divina Paixão? Para salvar a humanidade? Não, para salvar um burro!

Zé — Padre, Nicolau...

Padre — E um burro com nome cristão! Um quadrúpede, um irracional!

(A Beata sai da igreja e fica assistindo a cena, do alto da escada.)

Zé — Mas padre, não foi Deus quem fez também os burros?

Padre — Mas não à Sua semelhança. E não foi para salvá-los que mandou seu Filho. Foi por nós, por você, por mim, pela Humanidade!

Zé *(Angustiadamente tenta explicar-se)* — Padre, é preciso explicar que Nicolau não é um burro comum... o senhor não conhece Nicolau, por isso... é um burro com alma de gente...

Padre — Pois nem que tenha alma de anjo, nesta igreja você não entrará com essa cruz! *(Dá as costas e dirige-se à igreja. O sacristão trata logo de segui-lo)*

Zé *(Em desespero)* — Mas padre... eu prometi levar a cruz até o altar-mor! Preciso cumprir a minha promessa!

Padre — Fizesse-a então numa igreja. Ou em qualquer parte, menos num antro de feitiçaria.

Zé — Eu já expliquei...

Padre — Não se pode servir a dois senhores, a Deus e ao diabo!

Zé — Padre...

Padre — Um ritual pagão, que começou num terreiro de candomblé, não pode terminar na nave de uma igreja!
Zé — Mas padre, a igreja...
Padre — A igreja é a casa de Deus. Candomblé é o culto do diabo!
Zé — Padre, eu não andei sete léguas para voltar daqui. O senhor não pode impedir a minha entrada. A igreja não é sua, é de Deus!
Padre — Vai desrespeitar a minha autoridade?
Zé — Padre, entre o senhor e Santa Bárbara, eu fico com Santa Bárbara.
Padre *(Para o Sacristão)* — Feche a porta. Quem quiser assistir à missa que entre pela porta da sacristia. Lá não dá para passar essa cruz. *(Entra na igreja)*

(A Beata entra também apressadamente, atrás do padre. O Sacristão, prontamente, começa a fechar a porta da igreja, enquanto Zé-do-Burro, no meio da praça, nervos tensos, olhos dilatados, numa atitude de incompreensão e revolta, parece disposto a não arredar pé dali. Bonitão, um pouco afastado, observa, tendo nos lábios um sorriso irônico. A porta da igreja se fecha de todo, enquanto um foguetório tremendo saúda Iansan. Cai o pano lentamente.

Agradecemos à Editora Agir a autorização para a publicação do texto, extraído de: DIAS GOMES. *O pagador de promessas*. Rio de Janeiro, Agir, 1961.

Alfredo Dias Gomes

rcelo Tabach/Editora Abril

nasceu em Salvador, capital da Bahia, em 1922, e morreu em um acidente de trânsito no centro da cidade de São Paulo, em 1999. Foi casado com Janete Clair, conhecida autora de telenovelas, arte à qual ele também se dedicou, obtendo enorme sucesso popular, com roteiros como os de *Saramandaia* (que inaugurou o uso da temática fantástica na teledramaturgia brasileira), *O Bem-Amado* (com a célebre atuação de Paulo Gracindo) e *Roque Santeiro* (cuja primeira versão televisiva foi proibida, vindo a público somente nos anos 1980, após a abertura política).

Começou a escrever para o teatro aos quinze anos. Em 1960, dirigida por Flávio Rangel, estreou sua peça *O pagador de promessas*, que ganharia versão cinematográfica dois anos depois. Sob a direção de Anselmo Duarte e estrelado por Leonardo Villar e Glória Menezes, foi o primeiro filme brasileiro a receber a Palma de Ouro no Festival de Cinema de Cannes, na França. Posteriormente, no final da década de 1980, a peça transformou-se em um seriado da Rede Globo, no qual o ator José Mayer assumiu o papel do protagonista, Zé-do-Burro.

Dois perdidos numa noite suja
Plínio Marcos

Companheiros ou inimigos? Num diálogo rápido, irônico, tenso, mas divertido, dois sujeitos excluídos provocam-se e agridem-se mutuamente, impedidos – pela sua condição – de serem solidários e tolerantes um com o outro. O objeto da disputa é um belo par de sapatos novos.

No decorrer da peça, para conseguir o que desejam, ambos planejam e realizam um assalto, durante o qual a vítima é cruelmente agredida por um deles, o jovem Paco. Mas, na hora de dividir o produto do golpe, surgem novos desentendimentos e provocações.

A situação de intolerância atinge o extremo: a indiferença com a vida do outro leva Tonho a matar o colega. A cena a ser lida é do início da peça, quando começa a ganhar forças o conflito que levará ao trágico desfecho.

Personagens

 Paco

 Tonho

Dois perdidos numa noite suja
(Primeiro quadro)

Cenário: Um quarto de hospedaria de última categoria, onde se veem duas camas bem velhas, caixotes improvisando cadeiras, roupas espalhadas etc. Nas paredes estão colados recortes, fotografias de time de futebol e de mulheres nuas.

(Paco está deitado em uma das camas. Toca muito mal uma gaita. De vez em quando, para de tocar, olha para seus pés, que estão calçados com um lindo par de sapatos, completamente em desacordo com sua roupa. Com a manga do paletó, limpa os sapatos. Paco está tocando, entra Tonho, que não dá bola para Paco. Vai direto para sua cama, senta-se nela e, com as mãos, a examina.)

Tonho   – Ei! Para de tocar essa droga.
(Paco finge que não ouve.)
Tonho   *(Gritando)* – Não escutou o que eu disse? Para com essa zoeira!
(Paco continua a tocar.)
Tonho   – É surdo, desgraçado?
(Tonho vai até Paco e o sacode pelos ombros.)
Tonho   – Você não escuta a gente falar?
Paco   *(Calmo)* – Oi, você está aí?
Tonho   – Estou aqui para dormir.
Paco   – E daí? Quer que eu toque uma canção de ninar?
Tonho   – Quero que você não faça barulho.
Paco   – Puxa! Por quê?

Tonho	– Porque eu quero dormir.
Paco	– Ainda é cedo.
Tonho	– Mas eu já quero dormir.
Paco	– E eu, tocar.
Tonho	– Eu paguei para dormir.
Paco	– Mas não vai conseguir.
Tonho	– Quem disse que não?
Paco	– As pulgas. Essa estrebaria está assim de pulgas.
Tonho	– Disso eu sei. Agora quero que você não me perturbe.
Paco	– Poxa! Mas o que você quer?
Tonho	– Só quero dormir.
Paco	– Então para de berrar e dorme.
Tonho	– Está bem. Mas não se meta a fazer barulho.

(Tonho volta para sua cama, Paco recomeça a tocar.)

Tonho	– Para com essa música estúpida! Não entendeu que eu quero silêncio?
Paco	– E daí? Você não manda.
Tonho	– Quer encrenca? Vai ter! Se soprar mais uma vez essa droga, vou quebrar essa porcaria.
Paco	– Estou morrendo de medo.
Tonho	– Se duvida, toca esse troço.

(Paco sopra a gaita. Tonho pula sobre Paco. Os dois lutam com violência. Tonho leva vantagem e tira a gaita de Paco.)

(…)

Tonho	– Tá vendo, palhaço? Comigo você só entra bem.
Paco	– Eu quero minha gaita.
Tonho	– Se você ficar bonzinho, amanhã de manhã eu devolvo.

Paco — Quero a gaita já.
Tonho — Não tem acordo.
(*Pausa. Tonho deita-se e Paco fica onde está, olhando Tonho.*)
Tonho — Vai ficar aí me invocando?
Paco — Já estou invocado há muito tempo.
Tonho — Poxa! Vê se me esquece, Paco.
Paco — Então me dá a gaita.
Tonho — Você não toca?
Paco — Não vou tocar.
Tonho — Palavra?
Paco — Juro.
Tonho — Então toma. (*Tonho joga a gaita na cama de Paco*) Se tocar, já sabe. Pego outra vez e quebro.

(*Paco limpa a gaita e a guarda. Olha o sapato, limpa com a manga do paletó.*)

Paco — Você arranhou meu sapato. (*Molha o dedo na boca e passa no sapato*) Meu pisante é legal pra chuchu. (*Examina o sapato*) Você não acha bacana?
Tonho — Onde você roubou?
Paco — Roubou o quê?
Tonho — O sapato.
Paco — Não roubei.
Tonho — Não mente.
Paco — Não sou ladrão.
Tonho — Você não me engana.
Paco — Nunca roubei nada.
Tonho — Pensa que sou bobo?
Paco — Você está enganado comigo.
Tonho — Deixa de onda e dá o serviço.

63

Paco — Que serviço?
Tonho — Está se fazendo de otário? Quero saber onde você roubou esses sapatos.
Paco — Esses?
Tonho — É.
Paco — Mas eu não roubei.
Tonho — Passou a mão.
Paco — Não sou disso.
Tonho — Conta logo. Onde roubou?
Paco — Juro que não roubei.
Tonho — Canalha! Jurando falso.
Paco — Não enche o saco, poxa!
Tonho — Então se abre logo.
Paco — Que você quer? Não roubei e fim.
Tonho — Mentiroso! Ladrão! Ladrão de sapato!
Paco — Cala essa boca!
Tonho — Ladrão sujo!
Paco — Eu não roubei.
Tonho — Ladrão mentiroso!
Paco — Não roubei! Não roubei!
Tonho — Confessa logo, canalha!
Paco (*Bem nervoso*) — Eu não roubei! Eu não roubei! Eu não roubei! (*Começa a chorar*) Não roubei! Poxa, nunca fui ladrão! Nunca roubei nada! Juro! Juro! Juro que não roubei! Juro!
Tonho (*Gritando*) — Para com isso!
Paco — Eu não roubei!
Tonho — Está bem! Está bem! Mas fecha esse berreiro.
(*Paco para de chorar e começa a rir.*)

Paco — Você sabe que não afanei nada.
Tonho — Sei lá.
Paco — O pisante é bacana, mas não é roubado.
Tonho — Onde achou?
Paco — Não achei.
Tonho — Onde conseguiu, então?
Paco — Trabalhando.
Tonho — Pensa que sou trouxa?
Paco — Parece. *(Ri)*
Tonho — Idiota!
(Paco ri.)
Tonho — Nós dois trabalhamos no mesmo serviço. Vivemos de biscate[1] no mercado. Eu sou muito mais esperto e trabalho muito mais que você. E nunca consegui mais do que o suficiente pra comer mal e dormir nesta espelunca. Como então você conseguiu comprar esse sapato?
Paco — Eu não comprei.
Tonho — Então roubou.
Paco — Ganhei.
Tonho — De quem?
Paco — De um cara.
Tonho — Que cara?
Paco — Você não manja.
Tonho — Nem você.
Paco — Não manjo. Mas ele me deu o sapato.
Tonho — Por que alguém ia dar um sapato bonito desse pra uma besta como você?

1. Serviço eventual, não regular; bico.

Paco	– Ah, você também acha meu sapato legal?
Tonho	– Acho. E daí?
Paco	– Já morei.
Tonho	– O quê?
Paco	– Toda sua bronca.
Tonho	– Que bronca, seu?
Paco	– Você bota olho gordo no meu pisante.
Tonho	– Você é louco.
Paco	– Louco nada. Agora eu sei por que você sempre invoca comigo.
Tonho	– Você é uma besta.
Paco	– Você tem um sapato velho, todo jogado-fora, e inveja o meu, bacana paca.
Tonho	– Eu, não.
Paco	– Invejoso!
Tonho	– Cala essa boca!
Paco	– De manhã, quando saio rápido com meu sapato novo e você demora aí forrando sua droga com jornal velho, deve ficar cheio de bronca.
Tonho	– Palhaço!
Paco	*(Gargalha)* – Por isso é que você é azedo. Coitadinho! Deve ficar uma vara quando pisa num cigarro aceso. *(Paco representa uma pantomima)* Lá vem o trouxão, todo cheio de panca. *(Anda com pose)* Daí, um cara joga a bia de cigarro, o trouxão não vê e pisa em cima. O sapato do cavalão é furado, ele queima o pé e cai da panca. *(Paco pega seu pé e finge que assopra)* Ai! Ai! Ai! *(Paco começa a rir e cai na cama gargalhando)*
Tonho	*(Bravo)* – Chega!

(Paco aponta a cara de Tonho e estoura de tanto rir.)

Tonho — Para com isso, Paco!

(Paco continua a rir. Tonho pula sobre ele e, com fúria, dá violentos socos na cara de Paco. Este ainda ri. Depois, perde as forças e para; Tonho continua batendo. Por fim, para, cansado, ofegante, volta pra sua cama. Deita-se. Depois de algum tempo levanta a cabeça e, vendo que Paco não se move, demonstra preocupação. Aproxima-se de Paco e o sacode.)

Tonho — Paco! Paco!

(Paco não dá sinal de vida.)

Tonho — Desgraçado! Será que morreu?

(Tonho enche um copo com água de uma moringa e o despeja na cara de Paco.)

Paco — Ai! Ai!
Tonho — Ainda bem que não morreu.
Paco — Você me machucou.
Tonho — Quando dou é pra valer.
Paco — Você me paga.
Tonho — Quer mais?
Paco — Não sabe brincar, canalha?
Tonho — Eu não estava brincando.
Paco — Vai ter forra.
Tonho — Você não é de nada.
Paco — Você não perde por esperar.
Tonho — Deixa isso pra lá. Não foi nada.
Paco — Não foi nada porque não foi na sua cara.

(Tonho ri.)

Paco — Mas isso não vai ficar assim, não.
Tonho — Não. Vai inchar pra chuchu. *(Ri)*

Paco — Está muito alegre.
Tonho — Poxa, você não gosta de tirar um sarro?
Paco — Quem ri por último ri melhor.
Tonho — Agora cale a boca. Fiquei cansado de bater em você. Quero dormir.
Paco — Se tem coragem de dormir, dorme.
Tonho — Que quer dizer com isso?
Paco — Nada. Dorme...
Tonho — Vai querer me pegar dormindo?
Paco — Não falei nada.
Tonho — Nem pense em me atacar. Não esqueça a surra que te dei.
Paco — Não esqueço fácil.
Tonho — Acho bom. E fique sabendo que posso te dar outra a hora que eu quiser.
Paco — Duvido muito.
Tonho — Fecha essa latrina de uma vez, paspalho.
Paco — Falo quanto quiser.
Tonho — Você só sabe resmungar.
Paco — Você sabe muita coisa.
Tonho — Mais do que você, eu sei.
Paco — Muito sabido. Por que, em vez de carregar caixa no mercado, não vai ser presidente da república?
Tonho — Quem pensa que eu sou? Um estúpido da sua laia? Eu estudei. Estou aqui por pouco tempo. Logo arranjo um serviço legal.
Paco — Vai ser lixeiro?
Tonho — Não, sua besta. Vou ser funcionário público, ou outra droga qualquer. Mas vou. Eu estudei.
Paco — Bela merda. Estudar, pra carregar caixa.

Tonho — Só preciso é ganhar uma grana pra me ajeitar um pouco. Não posso me apresentar todo roto e com esse sapato.

Paco — Se eu tivesse estudado, nunca ia ficar assim jogado-fora.

Tonho — Fiquei assim, porque vim do interior. Não conhecia ninguém nessa terra, foi difícil me virar. Mas logo acerto tudo.

Paco — Acho difícil. Você é muito trouxa.

Tonho — Você é que pensa. Eu fiz até o ginásio. Sei escrever à máquina e tudo. Se eu tivesse boa roupa, você ia ver. Nem precisava tanto, bastava eu ter um sapato... assim como o seu. Sabe, às vezes eu penso que, se o seu sapato fosse meu, eu já tinha me livrado dessa vida. E é verdade. Eu só dependo do sapato. Como eu posso chegar em algum lugar com um pisante desses? Todo mundo a primeira coisa que faz é ficar olhando para o pé da gente. Outro dia, me apresentei pra fazer um teste num banco que precisava de um funcionário. Tinha um monte de gente querendo o lugar. Nós entramos na sala pra fazer o exame. O sujeito que parecia ser o chefe bateu os olhos em mim, me mediu de cima a baixo. Quando viu o meu sapato, deu uma risadinha, me invocou. Eu fiquei nervoso paca. Se não fosse isso, claro que eu seria aprovado. Mas, poxa, daquele jeito, encabulei e errei tudo. E era tudo coisa fácil que caiu no exame. Eu sabia responder àqueles problemas. Só que, por causa do meu sapato, eu me afobei e entrei bem. *(Pausa)* Que diz, Paco?

Paco — Digo que, quando você começa a falar, você enche o saco.

Tonho	– Com você a gente não pode falar sério.
Paco	– Você só sabe chorar.
Tonho	– Estava me abrindo com você, como um amigo.
Paco	– Quem tem amigo é puta de zona.
Tonho	– É...

(Pausa longa, Paco tira a gaita do bolso e fica brincando com ela.)

Tonho	– Quer tocar, toque.
Paco	– Posso tocar?
Tonho	– Faça o que lhe der na telha.
Paco	– Não vou perturbar o seu sono?
Tonho	– Não. Pode tocar.
Paco	– Tocarei em sua honra.

(Paco começa a tocar. Tonho acende um cigarro e dá uma longa tragada. Luz apaga. Fim do primeiro quadro.)

Agradecemos à Global Editora a autorização para a publicação do texto, extraído de: PLÍNIO MARCOS. *Melhor teatro – Plínio Marcos*. São Paulo, Global, 2003.

Plínio Marcos

frequentemente era visto, nas décadas de 1980 e 1990, nas portas de teatros e restaurantes paulistanos vendendo precárias edições de suas obras. Santista, nasceu em 1935 e cursou apenas as primeiras séries do Ensino Fundamental. Foi funileiro, estivador do porto, jogador de futebol e, com 16 anos, tornou-se artista de circo, encarnando o palhaço Frajola.

Nos anos 1950, conduzido pela escritora Pagu, entrou para o mundo do teatro, escrevendo sua primeira peça, *Barrela*, em 1958. Baseada em um caso verídico de violência sexual na prisão, teve uma única apresentação, permanecendo proibida depois, durante 21 anos. Na década de 1960, Plínio escreveu seus principais sucessos, entre os quais *Dois perdidos numa noite suja*, feita para que ele próprio pudesse atuar. Inspirada em um conto do escritor italiano Alberto Moravia, a peça estreou num bar, contando com apenas cinco espectadores no primeiro dia.

Usando sempre a linguagem crua e violenta que dizia ter aprendido com a "malandragem do cais", o dramaturgo foi continuamente perseguido pela censura, sobretudo durante o regime militar, tendo sido, inclusive, preso mais de uma vez. Nos últimos anos de vida (morreu em 1999), dedicou-se a dar inúmeras palestras em escolas, universidades, praças e teatros e ao estudo de temas esotéricos, com destaque para a bioenergética e o tarô.

Eles não usam *black-tie*
Gianfrancesco Guarnieri

Tião foi criado pelos padrinhos em um apartamento de classe média no centro da cidade e vai ficar noivo de Maria, que está grávida. Seus pais são o operário Otávio e dona Romana, que vivem numa favela no morro. O choque de gerações amplia-se quando estoura uma greve na fábrica, na qual pai e filho trabalham. O que deve prevalecer: o interesse coletivo, defendido por Otávio, ou a realização pessoal, buscada pelo jovem ambicioso, que não quer terminar seus dias vivendo em um barraco?

O rapaz inventa uma história, dizendo ter sido convidado a trabalhar como ator de cinema, com a promessa de um futuro mais digno, mas na verdade recebera dos chefes uma proposta de aumento de salário e mudança de cargo caso furasse a greve. O pai descobre tudo e questiona a atitude do filho, expulsando-o de casa, numa das cenas mais emocionantes do moderno teatro político brasileiro.

Personagens

 Otávio

 Romana

 Tião

 Maria

 João

 Bráulio

 Chiquinho

 Terezinha

Eles não usam *black-tie*
(Terceiro ato - Segundo quadro)

Cenário: Barraco de Romana. Mesa ao centro. Um pequeno fogareiro, cômoda, caixotes servem de bancos. Há apenas uma cadeira. Dois colchões onde dormem Chiquinho e Tião. Segunda-feira, 7 horas da noite.

Tião — Não adianta, cunhado. O que fiz tá feito e eu faria de novo.

João — Não tou discutindo isso. Tou só dizendo que agora não tem mais jeito. Tu vivê no morro não vive mais. Só se prová que quer voltá atrás.

Tião — Esquece. Isso eu não faço!

João — Tu já viu o ambiente como é que está, ninguém mais te olha. Se falam contigo é pra te gozá. E de covarde pra baixo! Pra Maria também não é bom!

Tião — Maria não é obrigada a aguentá. Eu vou embora e levo ela comigo.

João — Sei não, cunhado. Escuta. Eu sei que tu não furou a greve por covardia. Eu sei que tu não é covarde, foi pra se defendê. Tu não tinha a confiança que os outros tinham. Mas tu não é contra a gente, não custa nada se retratá. Explica com franqueza, eles vão entendê. Devolve o dinheiro que o gerente te deu, adere à greve, faz alguma coisa!

Tião — Não tenho nada que pedi desculpa a ninguém. O que fiz, fazia de novo. Cada um resolve seus galhos do seu jeito!

João	– Então, meu velho, hoje mesmo é saí daqui. Conheço o Otávio, ele vai te mandá embora!
Tião	– Problema dele! Eu vou embora, me arrumo, fui criado na cidade. Depois, dou um jeito. Arranjo uma casa de cômodos, alguma coisa, e levo Maria...
João	– Eu pensei que tudo ia sê bem diferente!
Tião	– Eu também gostaria que fosse.
João	– Tu toma cuidado por aí. Tem gente querendo te pegá.
Tião	– Que venham. Não tenho medo, sei me defendê. Já deixei esse cincão na cara de muita gente!
João	– Tu viu que pegaram Jesuíno!
Tião	– Bem feito pra ele. Eu tinha avisado.
João	– Tá com o braço quebrado.
Tião	– O que ele fez não se faz. Querê enganá os outros tá errado. Eu disse que a turma ia sabê.
João	– Pegaram ele quando ia saindo da fábrica e depois souberam de tudo. Esse é outro que se azarou.
Tião	– Pera aí, tem uma diferença! Ele procurou se ajeitar, eu não. Tinha uma opinião e fui até o fim. Furei greve e digo pra todo mundo!
João	– Bom, se precisá de um amigo sabe que tem um aqui às ordens!
Tião	– Obrigado, velho. Nessa altura, amigo, já não adianta muito, não. É esquisito, não é mais o problema de um cara contra outro cara, é um problema maior! Eu sabia que a turma ia dá o desprezo se a greve desse certo, mas não pensava que ia sê assim. Não é só desprezo que a gente sente, é como... Sei lá!... É como se a gente fosse peixe e deixasse o mar pra vivê na terra... É esquisito! A

76

	gente faz uma coisa porque quer bem e, no fim, é como se a gente deixasse de ser.
João	*(Intrigado)* – Não estou te entendendo!...
Tião	– É. É muito esquisito!
Maria	*(Entrando apressada)* – Já tá solto. Tão subindo o morro!
João	– Agora, velho, é aguentá!
Maria	– Tá toda a turma com o seu Otávio. Que bom, tão fazendo uma bruta festa pra ele...
Tião	– Eu estraguei a festa.
Maria	*(Indecisa)* – Tião... Tião...
Tião	– Fala.
Maria	– Nada. Escuta, é melhor tu ir embora. Depois, tu conversa com seu Otávio. Quando ele estiver mais descansado...
Tião	– Não. O que tem que ser, tem que ser. Eu espero ele. Não é bicho, é meu pai!
Maria	– Não é por tua causa, por causa dele. É melhor conversá com ele depois.
João	– Pros outros já foi duro, imagina pra ele...
Tião	– Tu diz que é meu amigo e fala assim? Tá bom... E tu, Maria?
Maria	– Eu o quê?
Tião	– Já virei lobisomem pra você também?
Maria	– Deixa disso. Eu sei que foi por minha causa. Eu tou do teu lado...
Tião	*(Sério)* – Que bom!... É, seu João! A gente deixa de ser... É que nem peixe na terra... *(Sai)*
Maria	– Como é que ele tá?

João	— Desse jeito. Aposto que ele queria não tê feito nada. Mas é orgulhoso que nem uma peste!
Maria	— Não foi por mal!…
João	— Vai explicá isso a todo mundo!
Maria	— E agora?
João	— Agora, Maria, é aguentá. Aqui ele não pode ficá. O pai, pensando como pensa, não deixa ele em casa. Vai sê questão de honra. O jeito é ele deixá o morro… Disse que depois vem te buscá, que vai arranjá um quarto numa casa de cômodos.
Maria	(*Pensativa, quase chorando*) — Vai tê que deixá o morro.
João	— Ele tá sofrendo, mas foi apressado. Não sei por que esse medo da greve! Os outros todos confiaram, ele não.
Maria	— João, eu tô com medo!
João	— Calma!
Maria	— Tou sim! Tu já imaginou? Deixá isso tudo, assim, de repente? Tião não conhece mais ninguém, vai tê que fazê novas amizade…

(*De fora, vozes e "salves" para Otávio.*)

João	— Tão aí? Aguenta a mão, não faz cara de choro!

(*Entram Romana, Chiquinho, Terezinha, Bráulio e Otávio.*)

Romana	— Senta, meu velho, senta! Tu já andou demais!
Bráulio	— É melhor descansar!
Otávio	— Deixa disso, também não me mataram! (*Vendo João e Maria*) Vocês tão aí? Como é que é, seu João? Que cara de espanto é essa, D. Maria? Fui em cana, só isso!
Maria	— Mas tá tudo bem?

Otávio	– Tamos aí, na ativa!
Bráulio	– Também, D. Romana fez revolução na polícia!
Otávio	– Eta, velha barulhenta! Quase que fica também.
Romana	– E não é pra gritá? Prendê o homem da gente, assim à toa?
Chiquinho	– O senhor ficou atrás das grade, pai?
Otávio	– Que grade! Fiquei numa sala e num tava sozinho, não! Tinha uma porção!
Chiquinho	– E bateram no senhor?
Romana	– Deixa de perguntá besteira, menino.
Bráulio	– O fato é que tu tá solto e pronto pra outra. Não é, bichão?
Otávio	– E bem pronto. Só as costelas que doem um bocado mas, amanhã, tá tudo em dia!
Bráulio	– A turma é ou não é do barulho?
Otávio	– Eta, se é! Nego ia entrando, a gente conversava uns minutos e pronto! Já tava o homem ajudando no piquete. O aumento vai saí estourado!
Maria	– A greve dura muito?
Bráulio	– Acho que não. Mais um ou dois dias. Eles têm que concordá, se não o prejuízo é maior!
Otávio	(*A Bráulio, interessadíssimo*) – É verdade que a Sant'Angela tá pra aderi?
Bráulio	(*Com uma risada alegre*) – É, sim senhor!
Otávio	(*Contentíssimo*) – Isso é que serve! (*A Romana*) Velha, dá um café aqui pro papai!
Romana	(*Indo ao fogão*) – Já, já. Mas tu não toma jeito, hein, descarado?
Bráulio	– Isso é assim mesmo, D. Romana!
Tião	(*Aparecendo na porta*) – Com licença!

(*Todos esfriam. Mudos. Estáticos.*)

Terezinha	*(Depois de alguns instantes quebra o silêncio)* – Tá vendo, Tião, soltaram seu Otávio! *(Chiquinho dá-lhe um beliscão. Pausa)*
Romana	– Vai ficá que nem estaca na porta, entra!
Tião	*(A Otávio)* – Eu queria conversá com o senhor!
Otávio	– Comigo?
Tião	*(Firme)* – É.
Otávio	– Minha gente, vocês querem dá um pulo lá fora, esse rapaz quer conversá comigo.
Romana	– Eu preciso mesmo recolhê a roupa!
João	– Já vou indo, então. Até logo, seu Otávio, e parabéns!
Otávio	– Obrigado! *(Saem. Tião e Otávio ficam a sós)* Bem, pode falá.
Tião	– Papai...
Otávio	– Me desculpe, mas seu pai ainda não chegou. Ele deixou um recado comigo, mandou dizê pra você que ficou muito admirado, que se enganou. E pediu pra você tomá outro rumo, porque essa não é casa de fura-greve!
Tião	– Eu vinha me despedir e dizer só uma coisa: não foi por covardia!
Otávio	– Seu pai me falou sobre isso. Ele também procura acreditá que num foi por covardia. Ele acha que você até que teve peito. Furou a greve e disse pra todo mundo, não fez segredo. Não fez como Jesuíno que furou a greve sabendo que tava errado. Ele acha, o seu pai, que você é ainda mais filho da mãe! Que você é um traidô dos seus companheiro e da sua classe, mas um traidô que pensa que tá certo! Não um traidô por covardia, um traidô por convicção!

Tião — Eu queria que o senhor desse um recado a meu pai…

Otávio — Vá dizendo.

Tião — Que o filho dele não é um "filho da mãe". Que o filho dele gosta de sua gente, mas que o filho dele tinha um problema e quis resolvê esse problema de maneira mais segura. Que o filho é um homem que quer bem!

Otávio — Seu pai vai ficá irritado com esse recado, mas eu digo. Seu pai tem outro recado pra você. Seu pai acha que a culpa de pensá desse jeito não é sua só. Seu pai acha que tem culpa…

Tião — Diga a meu pai que ele não tem culpa nenhuma.

Otávio *(Perdendo o controle)* — Se eu te tivesse educado mais firme, se te tivesse mostrado melhor o que é a vida, tu não pensaria em não ter confiança na tua gente…

Tião — Meu pai não tem culpa. Ele fez o que devia. O problema é que eu não podia arriscá nada. Preferi tê o desprezo de meu pessoal pra poder querer bem, como eu quero querer, a tá arriscando a vê minha mulhé sofrê como minha mãe sofre, como todo mundo nesse morro sofre!

Otávio — Seu pai acha que ele tem culpa!

Tião — Tem culpa de nada, pai!

Otávio *(Num rompante)* — E deixa ele acreditá nisso, senão, ele vai sofrê muito mais. Vai achar que o filho dele caiu na merda sozinho. Vai achar que o filho dele é safado de nascença. *(Acalma-se repentinamente)* Seu pai manda mais um recado. Diz que você não precisa aparecê mais. E deseja boa sorte pra você.

Tião — Diga a ele que vai ser assim. Não foi por covardia e não me arrependo de nada. Até um dia. *(Encaminha-se para a porta)*

Otávio *(Dirigindo-se ao quarto dos fundos)* — Tua mãe, talvez, vai querê falá contigo... Até um dia! *(Tião pega uma sacola que deve estar debaixo de um móvel e coloca seus objetos. Camisas que estão entre as trouxas de roupa, escova de dentes etc.)*

Romana *(Entrando)* — Te mandou embora mesmo, não é?

Tião — Mandou!

Romana — Eu digo que vocês tudo estão com a cabeça virada!

Tião — Não foi por covardia e não me arrependo!

Romana — Eu sei. Tu é teimoso... e é um bom rapaz. Tu vai pra onde?

Tião — Vou pra casa de um amigo da fábrica. Ele mora na Lapa.

Romana — E ele vai deixá tu ficá lá? Também furou a greve?

Tião — Furou não, mas é meu amigo. Vai discuti pra burro, como todo mundo discute, mas vai deixá eu ficá lá uns tempos. É ele e a mãe, só!

Romana — E depois?

Tião — Depois o quê?

Romana — O que tu vai fazê?

Tião — Vou continuá na fábrica, tá claro! Lá dentro eu me arrumo com o pessoal. Arranjo uma casa de cômodos e venho buscar Maria!

Romana — Tu fez tudo isso pra ir pra uma casa de cômodos com Maria?

Tião — Fiz tudo isso pra não perder o emprego!

Romana	– E tu acha que valeu a pena?
Tião	– O que tá feito, tá feito, mãe!
Romana	– Teu terno tá lavando. Tu busca outro dia.
Tião	– A senhora é um anjo, mãe!
Romana	– Tu vai vê que é melhó passá fome no meio de amigo, do que passá fome no meio de estranho!...
Tião	– Vamos vê!
Romana	– Dá um abraço! *(Abraçam-se)* Vai com Deus! E deixa o endereço daqui no bolso, qualquer coisa a gente sabe logo!
Tião	– Se não fosse a senhora, eu diria que tava agourando! Eu venho buscá o resto da roupa...
Maria	*(Entrando)* – Tu vai embora?
Tião	– Tu já não desconfiava?
Maria	– E agora? *(Romana vai para o fundo e fica impassível)*
Tião	– Tá tudo certo. Não perdi o emprego, nem vou perdê. A greve tá com jeito de dá certo, vou ser aumentado. Tu vai receber aumento na oficina. Nós vamos pra um quarto na cidade, nós dois. Depois, vem o Otavinho e vamos levando a vida, não é assim?
Maria	– Quer dizê que tu perdeu os amigo?
Tião	– Sobram alguns! Teu irmão, alguns da fábrica...
Maria	*(Abanando a cabeça, profundamente triste)* – Não... não...
Tião	– Nós vamos casá, vamos embora, fazê uma vida pra gente. Isso que aconteceu...
Maria	– Não... não tá certo... Deixá isso, não tá certo!...
Tião	– Não te preocupa, dengosa, vai dá tudo certo. Nós vamos pra cidade, só isso!... Eu fiz uma coisa

que me deu o desprezo do pessoal, mas você não. Você não tem o desprezo de ninguém!...

Maria   *(Cai num choro convulsivo)* – Não... não tá certo!

Tião   – Maria, não tinha outro jeito, querida. Eu tinha que pensar... A greve deu certo como podia não dar... E tudo aconteceu na última hora... Quando eu cheguei na fábrica a maioria queria entrá. Depois é que mudou... Eu fui um dos primeiros a entrá... Podia não ter dado certo. Papai pode ainda perdê o emprego. Eles dão um jeito! E eu? Tu já imaginou o que podia acontecê? Agora não, nós tá seguro!

Maria   *(Sempre chorando)* – Não tá certo!... Deixá isso, não tá certo, deixá isso... *(Perde as forças e cai chorando copiosamente)*

Tião	– Mariinha, escuta! Eu fiz por você, minha dengosa! Eu quero bem! Eu tinha... eu tinha que dá um jeito... O jeito foi esse.
Maria	– Deixá o morro, não! Nós vamo sê infeliz! A nossa gente é essa! Você se sujou!... Compreende!
Tião	– É que eu quero bem!... Mas não foi por covardia!
Maria	(Idem) – Foi... foi... foi... foi por covardia... foi!
Tião	(Aflito) – Maria, escuta!... (A Romana) Mãe, ajuda aqui! (Romana não se mexe)... Eu tive... Eu tive...
Maria	– Medo, medo, medo da vida... você teve!... preferiu brigá com todo mundo, preferiu o desprezo... Porque teve medo!... Você num acredita em nada, só em você. Você é um... um convencido!
Tião	– Dengosinha... Não é tão ruim a gente deixá o morro. Já é grande coisa!... Você também quer deixá o morro. Depois a turma esquece, aí tudo fica diferente!...
Maria	– Eu quero deixá o morro com todo mundo: D. Romana, mamãe, Chiquinho, Terezinha, Ziza, Flora... Todo mundo... Você não pode deixá sua gente! Teu mundo é esse, não é outro!... Você vai sê infeliz!
Tião	(Já abafado) – Maria, não tem outro jeito!... Eu venho buscar você!
Maria	– Não pode, não pode... tá tudo errado, tudo errado!... Por quê?... Tá tudo errado!...
Tião	(Quase chorando também) – Maria, você precisa me entender, você precisa me ajudá!... Vem comigo!...
Maria	– Não vou... não vou!...
Tião	– Foi por você...

Maria	– Não... não... tá tudo errado! (*Chora convulsivamente*)
Tião	– Maria, pelo menos tu sabe que eu arranjei saída. (*Quase com raiva*) Agora tá feito, não adianta chorá!
Maria	– Eu acreditei... eu acreditei que tu ia agi direito... Não tinha razão pra brigá com todo mundo... Tu tinha emprego se perdesse aquele... Tu é moço... Tinha o cara do cinema...
Tião	(*Irrita-se cada vez mais. Uma irritação desesperada*) – Mariinha, não adiantava nada!... Eu tive... eu tive...
Maria	– Medo, medo, medo...
Tião	(*Num grande desabafo*) – Medo, está bem, Maria, medo!... Eu tive medo sempre!... A história do cinema é mentira! Eu disse porque eu quero sê alguma coisa, eu preciso sê alguma coisa!... Não queria ficá aqui sempre, tá me entendendo? Tá me entendendo? A greve me metia medo. Um medo diferente! Não medo da greve! Medo de sê operário! Medo de não saí nunca mais daqui! Fazê greve é sê mais operário ainda!...
Maria	– Sozinho não adianta!... Sozinho tu não resolve nada!... Tá tudo errado!
Tião	– Maria, minha dengosa, não chora mais! Eu sei, tá errado, eu entendo, mas tu também tem que me entendê! Tu tem que sabê por que eu fiz!
Maria	– Não, não... Eu não saio daqui!
Tião	(*Num desabafo total*) – Minha Miss Leopoldina, eu quero bem!... Eu queria que a gente fosse que nem nos filmes!... Que tu risse sempre! Que sempre a gente pudesse andar no parque! Eu tenho

	medo que tu tenha de sê que nem todas que tão aí!… Se matando de trabalhá em cima de um tanque!… Eu quero minha Miss Leopoldina… Eu te quero bem! Eu quero bem a todo mundo!… Eu não sou um safado!… Mas para de chorá! Se você quisé eu grito pra todo mundo… que eu sou um safado! *(Gritando para a rua)* Eu sou um safado!… Eu traí… Porque tenho medo… Porque eu quero bem! Porque eu quero que ela sorria no parque pra mim! Porque eu quero viver! E viver não é isso que se faz aqui!
Maria	— Tião!…
Tião	— Mariinha, minha dengosa. *(Atira-se sobre ela. Abraçam-se)* E agora, Maria, o que vou fazer?
Maria	— Não posso deixá o morro… Deixando o morro, o parque também ia ser diferente! Tá tudo errado!… Reconhece!
Tião	— Não posso ficá, Maria… Não posso ficá!…
Maria	*(Para de chorar. Enxuga as lágrimas)* — Então, vai embora… Eu fico. Eu fico com Otavinho… Crescendo aqui ele não vai tê medo… E quando tu acreditá na gente… por favor… volta! *(Sai)*
Tião	— Maria, espera!… *(Correndo, segue Maria. Pausa)*
Otávio	*(Entrando)* — Já acabou?
Romana	— Vai falá com ele, Otávio… Vai!
Otávio	— Enxergando melhó a vida, ele volta. *(Retorna ao quarto. Entram Chiquinho e Terezinha)*
Chiquinho	— Sabe, mãe, aquele samba…
Terezinha	— O samba do "Nós não usa Black-Tie".
Chiquinho	— Tá tocando no rádio…
Romana	— O quê?

Terezinha	– O samba do Juvêncio, aquele mulato das bandas do cruzeiro!
Chiquinho	– Ele tá chateado à beça. O samba tá com o nome de outro cara. *(Sai correndo)*
Terezinha	– Eu fiquei com pena do Juvêncio. Tá perto da bica, chorando! Chiquinho! *(Sai)*

(Romana, sozinha. Chora mansamente. Depois de alguns instantes, vai até a mesa e começa a separar o feijão. Funga e enxuga os olhos...)

Fim

Agradecemos à editora Record a autorização para a publicação do texto, extraído de: GUARNIERI, Gianfrancesco. *Eles não usam* black-tie. 6. ed. Rio de Janeiro, Civilização Brasileira, 1989.

Gianfrancesco Guarnieri

nasceu em Milão em 1934, mas chegou criança ao Rio de Janeiro, acompanhado de seus pais, músicos que fugiam do regime fascista na Itália. No início dos anos 1950, a família mudou-se para São Paulo, onde Guarnieri, desde adolescente, atuou como líder estudantil. Em 1955, ajudou a fundar o Teatro Paulista do Estudante, que, no ano seguinte, se fundiria a outro grupo para dar origem ao histórico Teatro de Arena, dirigido por José Renato.

Cida S

Escrita e encenada pela primeira vez em 1958, *Eles não usam black-tie* logo se tornou um sucesso e um marco na dramaturgia nacional por tematizar pioneiramente o cotidiano de operários de uma fábrica. No início da década de 1980, a peça ganhou sua versão para o cinema, tendo o próprio Guarnieri e Fernanda Montenegro como atores principais. O filme recebeu cinco prêmios no célebre Festival de Veneza.

O dramaturgo tornou-se um ator conhecido do grande público graças a suas várias participações em telenovelas e no seriado infantojuvenil *O mundo da lua*, da TV Cultura, em que viveu o papel do simpático avô Orlando. Foi, ainda, Secretário da Cultura da cidade de São Paulo e compositor (com destaque para a canção "Upa, neguinho", eternizada na voz de Elis Regina). Morreu em julho de 2006, em São Paulo.

Última instância
Carlos Queiroz Telles

Até que ponto, no cotidiano de uma cidade, o medo constante e a banalização da violência vão endurecendo as pessoas, tornando-as desconfiadas e potencialmente vingativas? Em um contexto no qual nenhum valor parece permanecer em pé, onde está a verdade, qual ponto de vista deve prevalecer?

Na periferia do Rio de Janeiro, após o linchamento de um suposto assaltante, quatro personagens debatem em um bar sobre a legitimidade de sua reação frente à indiferença que tomou conta da sociedade.

Somos levados a pensar em como, numa localidade periférica, combinam-se a lei geral, que serve (ou deveria servir) a todos, e as variadas versões dos sistemas privados de justiça, os quais supostamente tentam consertar os desvios de conduta "com suas próprias mãos". Com habilidade, o autor constrói um diálogo ágil e marcado pela tensão, conduzindo o interesse do leitor até um desfecho revelador.

Personagens

Maria
Dona de um bar, viúva, cerca de 40 anos. Seu marido foi morto por um assaltante alguns anos atrás.

Chico
Pivete, entre 15 e 18 anos. Ajuda Maria a atender a freguesia do bar, em troca de cama e comida.

Duque
Idade indefinida, cerca de 35 anos. Ex-policial, vive de expedientes para os moradores do bairro, que temem a sua violência mas querem a sua proteção por causa de seu antigo relacionamento com a Polícia.

Orlando
Funcionário público aposentado. Tem 60 anos.

Última instância

Cenário: Móveis de botequim de periferia. Mesa e cadeiras velhas de metal. Garrafas de cerveja e cachaça. Copos.

Ação: Estado do Rio, 1978.

Ato único

(Palco escuro. Gritaria de multidão enfurecida. Algumas vezes são ouvidas com maior clareza. Barulho de pancada e pedaços de madeira quebrando.

Falas repetidas: Mata! Mata! Ladrão! Filho da puta! Vamos acabar com ele! Arrebenta! Mata! Amarra ele aqui! Amarra! Ninguém chama a polícia! Bate! Mata! Desgraçado! Morre, cachorro! Ladrão! Assassino! Mata! Mata! Mata! Mata! Mata!

Os gritos de "Mata! Mata!" vão aumentando de intensidade e volume. Cessam subitamente. Silêncio total. Lentamente, um foco de luz vai iluminando a mesa do botequim. Estão sentados Orlando e Duque. Chico, meio afastado, na penumbra, como se estivesse olhando para fora, junto à porta. Longa pausa. Estão todos meio constrangidos, sem se olhar na cara. Chico começa a assobiar qualquer coisa. Duque bebe, enche um copo vazio com cachaça e o empurra para Orlando. O velho recusa com a cabeça.)

 Duque — Vamos, velho! Bebe. Não adianta ficar esquentando a cabeça. O que está feito, está feito. Bebe, porra! Bebe!

 Orlando — Você sabe que eu não preciso disso. Sempre fui contra bebida. Nunca amarrei um fogo em toda

	minha vida. Só bebo cerveja e de vez em quando. Não vou virar bebum agora, depois de velho.
Duque	– Para tudo nesse mundo tem uma primeira vez. E hoje você tem um bom motivo para começar a beber. Toma, velho. Bebe. Você vai se sentir melhor depois.
Orlando	– Quando a Maria trouxer as cervejas eu bebo. Cachaça não.
Duque	– Besteira, velho. Você já está aposentado. Não tem mais merda o que fazer na vida. Pode dormir o quanto quiser. Curtir ressaca. Levantar ao meio-dia. Sem ter que prestar contas de nada para ninguém. Bebe, velho. Bebe! Eu estou vendo que você está querendo... Bebe! *(Começa a ficar violento. Chico para de assobiar, na porta)* Como é que é? Vai ou não vai beber? Não sacou ainda que eu não estou querendo encher a cara sozinho? Quero companhia, ó meu! Bebe isso aí! *(Orlando se assusta)* Vamos terminar juntos o que a gente começou junto! *(Para Chico)* E você aí, seu pivete! Está pensando que é fiscal da noite? Vem para cá beber com a gente. Deixa em paz o que está lá fora. Vem para cá! *(Duque enche mais um copo. Orlando começa a beber)*
Duque	– Isso é que é, velho! À nossa! *(Força Orlando a tomar um trago longo. Orlando engasga e tosse. Chico se senta e começa a beber rapidamente, antes que seja forçado por Duque)*
Chico	– À nossa!
Duque	– Que cara é essa, moleque? Está com medo de alguma coisa?
Chico	– Estou não. É que estava frio lá fora.

Duque — Mas que frio, moleque! Uma puta noite de verão e você aí tremendo mais do que cachorro na carrocinha. Conta para mim, moleque: você tem medo de assombração?

Orlando — Não chateia ele, Duque. Se o menino está com medo, deixa ele curtir o medo dele. É só assim que a gente aprende as coisas da vida: raiva, alegria, amor, raiva, raiva, medo. É. Medo. Deixa ele aprender a sentir o que é ter medo. *(Bebe um gole)*

Duque — Quanto mais se vive, mais se aprende. Não é que o velho criou coragem depois de dois goles! Bem eu disse. Bebe, velho! Bebe, que tudo melhora. Já está pondo para fora o que está pensando. Saravá! À nossa!

Orlando e Chico — À nossa!

Duque — E à saúde do morto, que nem pode mais beber. *(Pausa)* À saúde do morto! *(Pausa)* Como é que é? Ninguém me acompanha? *(Pausa)* Mas vocês são dois cagões! Está se vendo que sozinhos nunca iam ter coragem de fazer o que fizeram... À saúde do falecido, gente! Palmas que ele merece... *(Para Chico)* Assobia um samba de gurunfim[1] para o finado. Ele está morto, mas merece. Todo mundo merece um trago e um samba. Assobia, moleque. O defunto vai gostar.

Chico — Não fala assim, Duque! Eu estou com medo mesmo! Sai para lá com essa conversa. *(Bebe)* Beber, eu bebo, que estou precisando. Que nem você. E você também que fica aí gritando com a gente como se fosse o único macho do terreiro...

---

1. Ou *gurufim*, velório popular em que há festança musical em homenagem ao morto.

Duque — Boa, pivete! Bota o medo para fora. Assim! Pode me xingar que eu não ligo. O velho Duque entende dessas coisas de matar gente. No começo é duro. Dá raiva mesmo. Dá medo. Depois a alma caleja. À nossa!
Orlando — Eu nunca matei ninguém.
Duque — Matou.
Orlando — Sempre fui um funcionário público exemplar!
Duque — Matou.
Orlando — Me aposentei sem nenhuma falta.
Duque — Matou.
Orlando — Nenhuma falta, entendeu! Quarenta anos sem nenhuma falta! Quarenta anos! Quarenta anos!

(*Entra Maria, que se aproxima, com duas garrafas de cerveja na mão. Vai até a mesa e se senta ao lado dos homens.*)

Maria — Era o que tinha, gente. Mais gelada do que isso, só indo buscar na padaria. Mas eu é que não vou me meter na rua numa noite dessas, com todo mundo trancado em casa. Enfrentar ladrão, chega um por dia.

(*Pausa. Maria se serve de cerveja.*)

Orlando — Ladrão... sei lá se era ladrão...
Maria — O que é que você está pensando, velho? Todo mundo aqui sabe que o homem era ladrão. Você viu muito bem!
Orlando — Eu não vi nada!
Chico — Viu sim! Você estava aí o tempo todo!
Orlando — Não chateia, moleque.
Maria — Não enche o saco você, velho cagão.
Duque — Bebe, velho! Bebe mais! (*Orlando bebe, assustado*) Bebe até pôr o pensamento no lugar certo.

Maria	– E se lembrar direito de tudo o que aconteceu.
Orlando	– Mas eu nem estava prestando atenção!
Duque	– Pois é… ele nem estava prestando atenção, mas foi o primeiro a aparecer com uma corda na mão quando pegaram o cara.
Orlando	– Alguém me pediu… Eu nem sabia…
Maria	– Você sabia muito bem que aquela corda estava embaixo do balcão. Não se faça de idiota. Amanhã, quando descobrirem o morto, os homens vão querer saber como foi, quem foi, fazer perguntas… e todos aqui só sabem uma história!
Duque	– A mesma história!
Orlando	– Está certo. Calma, gente. Na hora eu vou me lembrar de tudo.
Maria	– Na hora, não. Agora!
Duque	(*Muda de postura e voz, imaginando que está imitando um tira. Na terceira frase volta ao seu tom habitual*) – Como é que é, seu Orlando? Então o senhor estava por aqui e não viu nada? Está pensando o quê? Que nós somos otários? Desembuxa logo o que você sabe. E depressa que depois você vai ter que repetir tudo na Delegacia. Onde é que você estava quando a vítima apareceu?
Orlando	– A vítima, quem? O ladrão, o senhor quer dizer?
Duque	– Se ele era ladrão ou não, é coisa que a gente vai saber logo. Onde é que você estava quando ele entrou aqui?
Orlando	– Sentado nesta mesa. De frente para a porta. Do jeito que eu estou agora.
Duque	– Quem mais estava aqui?

Orlando	– O Chico e a Maria, atrás do balcão.
Duque	– E quem mais?
Orlando	– O seu Duque entrou logo depois.
Duque	– Muito bem. E o que foi que aconteceu então?
Orlando	– O moço entrou e foi para o lado do balcão.
Duque	– Ele estava armado?
Orlando	– Não sei, quer dizer... eu não me lembro, não vi direito...
Duque	– Lembra sim! Garanto que lembra!
Orlando	– Foi tudo muito rápido.
Duque	– Vamos ver se foi tão rápido assim! Faz de conta que você é o ladrão. Levanta, velho! Entra por aquela porta e mostra para nós como foi que a coisa aconteceu.
Orlando	– Mas eu não sei...
Duque	– Se não sabe, vai ficar sabendo! Vamos logo! *(Empurra o velho para fora do espaço iluminado)* Só entra quando eu mandar. Vou ficar sentado aqui, no seu lugar. Maria e Chico, vão para trás do balcão. *(Maria e Chico se afastam para a área de penumbra)*
Maria	– Esse velho ainda vai encrencar a gente.
Chico	– Eu acho que ele afina. Está morrendo de medo do Duque. Passa uns copos para eu ir lavando.
Duque	– *(Sentando na cadeira de Orlando)* Pode entrar, velho. *(Orlando se aproxima da área iluminada. Está com medo. Para)*
Duque	– Entra de uma vez, porra! E mostra o que foi que o ladrão fez!
Maria	*(Para Chico)* – Você conhece aquele cara?

Chico	– Nunca vi por esses lados.
Maria	– Então toma cuidado que pode ser assalto. Eu não estou gostando do jeito dele.
Chico	– E se for ladrão mesmo?
Maria	– Você sai de leve e corre para fora chamando o povo. Agora fica de lado e deixa que eu enfrento o homem. *(Chico se afasta um pouco)*
Orlando	*(Aproximando-se do balcão)* – Boa tarde, dona.
Maria	– O que é que você está querendo?
Orlando	– Calma, dona. Põe uma cachaça aí para mim.
Maria	– Paga primeiro.
Orlando	– Mas que desconfiança. Todo mundo é assim por esses lados?
Maria	– Desde que mataram meu marido, aqui, nesse balcão. Foi um vagabundo. Como você. Com cara de santo. Veio se chegando com conversa, boas-tardes, e de repente estava de arma na mão.
Orlando	– Sinto muito, dona. Eu só quero uma pinga. Pode servir que eu pago.
Maria	– Humilde... assim mesmo. Que nem você. Essa fala baixo. Pedindo tudo com cara de por favor.
Orlando	– Mas eu já disse que só quero uma pinga!
Maria	– Cuidado, Chico!
Orlando	*(Enfiando a mão no bolso)* – Eu pago. Está aqui o dinheiro.
Maria	– Agora, Chico. Corre!
Chico	– *(Sai para fora, gritando)* – Ladrão! Socorro! Estão assaltando a gente! Socorro! Polícia!
Orlando	– A senhora está louca, dona! Olha aqui o dinheiro.

Maria	(*Apanha um punhal*) – Agora é tarde, moço. Acho bom você correr enquanto é tempo.
Orlando	– Vira isso para lá, dona!
Maria	– Então corre, ladrão! Corre! (*Pausa*) Pega ele, gente. Pega!
Orlando	(*Tentando fugir*) – Deus me proteja! (*Quando chega à porta, é barrado por Duque e Chico. Empurram Orlando para a cadeira*)
Duque	– Velho sacana!
Chico	– Mas eu só disse o que vi…
Maria	(*Aproxima-se com o punhal na mão*) – Então eu acho melhor que você não tenha visto nada. (*Os três cercam Orlando*)
Orlando	– Maria! Eu sou teu amigo, Maria!
Maria	– Amigo meu tem boa memória. Não esquece um trato que interessa a todo mundo.
Chico	– Quer dizer que o ladrão nem estava armado?
Orlando	– Não sei… acho que estava.
Maria	– Armado com quê?
Orlando	– Um puta revólver, é isso. Cano longo. (*Para Maria*) Vira esse ferro para lá!
Maria	– E o que foi que ele disse quando chegou perto do balcão?
Duque	– Conta, velho!
Orlando	– Ele disse… que era um assalto! É isso aí: um assalto! E que queria todo o dinheiro!
Chico	– E então o que foi que eu fiz?
Orlando	– Você saiu correndo, gritando, chamando o povo, a polícia.

Duque	– Muito bem, velho. A memória já está voltando. Bebe mais um gole e acaba a história.
Orlando	*(Bebe)* – Aí o ladrão se assustou. A Maria começou a gritar também, por causa do marido dela que tinha morrido do mesmo jeito. Ela jogou uns trocados para o ladrão. Ele se atrapalhou. Ficou com medo. Pegou o dinheiro. Virou as costas e fugiu. Foi quando o povo prendeu ele lá fora. Depois eu não vi mais nada. Ficou só aquela gritaria danada. Barulho de briga e pancada. Mas eu não saí daqui.
Duque	– E o Chico?
Orlando	– Ele voltou logo para ajudar a Maria. Os dois foram para dentro. Ela estava muito nervosa. Chorando e gritando que não acabava mais.
Duque	– E eu?
Orlando	– Você entrou na hora da confusão. Depois ficou aqui, tomando conta do bar, junto comigo.
Duque	– Pois é… *(Pausa)* Mas tem gente lá fora que garante que foi você que trouxe a corda para amarrarem o cara no poste. É verdade?
Orlando	– Mas que corda… eu não sei de corda nenhuma! Eu nem quis ver o morto! Sou funcionário público aposentado, moço… *(Todos relaxam e sentam)* Quarenta anos sem nenhuma falta. Pode perguntar lá na repartição. Ganhei até um diploma quando me aposentei. Pelos bons serviços prestados. Ele está guardado lá em casa. Se o senhor quiser eu vou buscar. Está tudo lá. Meu nome e o título de "servidor exemplar"! Quarenta anos sem nenhuma falta…

Maria	– Chega de conversa, velho.
Chico	– Nós já sabemos esse caso de trás para diante.
Orlando	– Mas é verdade. É a única coisa de verdade que eu disse.
Duque	– Está bem. Na hora você pode contar a tua vida inteira, se eles tiverem saco para ouvir.
Orlando	– Porra, Maria. Você chegou a me assustar com essa bosta de punhal.
Maria	– Era para assustar mesmo.
Chico	– Ainda bem que você se lembrou logo do que a gente tinha combinado.
Duque	– Eu já estava achando que o defunto ia ter companhia.
Orlando	– Povo mais louco! Vocês tinham coragem de fazer isso comigo?
Chico	– Ué… você não teve coragem de ajudar a matar o homem?
Orlando	– Mas é diferente! Eu não fiz nada.
Maria	– E ele? O que foi que ele fez?
Orlando	– Ele… ele é um ladrão! Um vagabundo! Ameaçou te matar…
Duque	– Ótimo! Agora eu estou tranquilo. Muito bem, velho.
Maria	– Graças a Deus que a sua memória voltou a funcionar em ordem. Eu ia ficar muito chateada se tivesse que te furar. A nossa saúde! *(Todos bebem. Pausa longa)*
Maria	– Agora que tudo acabou, estou-me sentindo muito melhor. Muito melhor do que antes. *(Rindo)* Parece até que eu tirei um atraso… Vai se entender essa vida.

Chico	– É engraçado como na hora a gente não pensa. Quando eu vi o desgraçado amarrado no poste, gritando para chamarem a polícia...
Orlando	– ... pedindo pelo amor de Deus para chamarem a polícia!
Chico	– Foi aí que eu fiquei mesmo com ódio. O homem amarrado como um porco e todo mundo gritando em volta dele. Querendo sangrar o porco.
Orlando	– Berrando por conta da morte. Como um boi no matadouro.
Maria	– Pensando bem, foi um sarro. Por um bom tempo ladrão nenhum vai aparecer por aqui.
Duque	– Essas coisas assustam. Dão notícia. Vocês vão ver o que vai pintar amanhã de jornalista. Lembram quando mataram um velho em Caxias?
Maria	– Foi mesmo. Deu foto dele em todos os jornais.
Orlando	– Depois descobriram que o morto era inocente.
Chico	– Aí é que foi o rebu. Queriam achar um culpado a todo custo.
Duque	– Ninguém pode processar um bairro inteiro.
Maria	– E se o esquadrão mata, por que a gente não pode matar também?
Orlando	– Ainda mais quando é um marginal perigoso. Como esse aí fora.
Chico	– Marginal perigoso...
Duque	– Não vai começar você agora...
Chico	– Está pensando que eu sou besta? Não precisam esquentar a cabeça. Só estava lembrando a cara do desinfeliz quando viu que não tinha mais saída.
Orlando	– Vai se entender a cabeça de um homem. Quarenta anos de funcionário exemplar, sem nenhu-

ma falta... Um belo dia mata um homem a paulada sem mais essa nem aquela!

Duque — O povo quando solta a raiva, cada um é que solta a sua. Já vi isso muitas vezes. É pior que estouro da boiada. Cada um tem sempre um bom motivo para matar alguém.

Maria — Pena que o meu falecido Antonio não estivesse vivo para ajudar a gente a matar o moço. Bem que ele ia gostar. Para mim, agora ele está vingado.

Chico — Merda de vingança. Querem saber de uma coisa? Eu senti como se estivesse batendo em mim mesmo. Nessa bosta de vida amarrada num poste.

Maria — Quantos homens você já matou, Duque?

Duque — Sei lá...

Maria — E apesar disso você ainda continua com raiva?

Duque — Raiva é que nem miséria, nasce e cresce com a gente. Enquanto uma estiver viva a outra não morre.

Chico — Só me assusta pensar que podia ter sido eu. Qualquer um de nós.

Maria — Para mim isso não faz nenhuma diferença. Eu sei muito bem que foi ele.

Orlando — Eu vou embora, gente. Está tarde. Estou muito cansado.

Duque — Vai dormir, velho. E trata de não esquecer de novo a história. Como ela aconteceu.

Orlando — Podem ficar tranquilos. Até amanhã.

Os três — Até amanhã, velho.

Maria — Vai com calma.

Chico — Cuidado para não trombar com o morto. (*Orlando sai. Longa pausa*)

Maria — Acho que um dia ainda vou ficar com remorsos. Por mais que a gente se engane, todo mundo está podre de saber que o moço não tinha feito nada... *(Orlando volta afobado. Para na penumbra)*

Orlando — Gente! Ele ainda está vivo! Eu ouvi um gemido e fui ver. Ele ainda está vivo! *(Os três se entreolham e se levantam. Maria com o punhal. Chico e Duque com garrafas. Duque quebra a garrafa na mesa)*

Orlando — Vamos acabar de uma vez com esse ladrão filho da puta! *(black-out)*

Fim

Agradecemos à Global Editora a autorização para a publicação da peça, extraída de: TELLES, Carlos Queiroz. "Última instância". In: *Feira brasileira de opinião*. São Paulo, Global, 1978.

Carlos Queiroz Telles

acervo pessoal

formou-se em Direito em São Paulo, cidade onde nasceu (1936) e morreu (1993). Participou da criação do histórico grupo teatral Oficina, que encenou a peça *A ponte* (1958), de sua autoria. Poeta, dramaturgo e romancista, dedicou-se, também, às áreas de Publicidade e Jornalismo, atuando, ainda, como professor de Redação em uma faculdade paulistana. Criou programas para a televisão e, durante quase dez anos, foi diretor da TV Cultura de São Paulo.

Suas peças mais conhecidas (traduzidas para várias línguas e encenadas em diversos países) são *Muro de arrimo*, que põe em cena um operário da construção civil, e *Marly Emboaba*, que conta a dura vida de uma prostituta durante os anos do chamado "milagre econômico brasileiro". Ganhou inúmeros prêmios, entre eles, o Molière, o Arthur Azevedo (da Academia Brasileira de Letras), o APCA e o Jabuti. A peça curta *Última instância* é um bom exemplo de sua participação no movimento do "teatro de resistência", que o autor preferia chamar de "teatro de eficiência", por ser um teatro que busca questionar e modificar a realidade socioeconômica e cultural da população brasileira, por meio da denúncia e da contestação.

Deus lhe pague
Joracy Camargo

Com humor inteligente e finíssima ironia, desenvolve-se um diálogo surpreendente entre dois mendigos, que discutem sobre seu ofício. Revertendo ideias do senso comum, o texto nos faz pensar: afinal, numa sociedade desigual, quem ajuda quem? Movido por quais interesses? Como se origina e se mantém essa desigualdade? Será possível, ainda, revertê-la?

Em cena, graças ao recurso técnico do *flashback*, conhecemos o passado de um dos personagens, o mendigo-filósofo, que foi enganado e roubado pelo próprio chefe (o típico vilão capitalista), mas que consegue dar a volta por cima e reverter a situação em seu proveito, utilizando positivamente o conhecimento adquirido com a experiência adversa.

Provocativo, divertido e contundente, o primeiro ato da peça nos convida a tomar uma posição: e você, de que lado está?

Personagens

 Mendigo

 Outro mendigo

 Senhor

 Juca

 Maria

 Mulher

Deus lhe pague
(Primeiro ato)

Cenário: Porta principal e monumental de uma velha igreja. A ação começa um pouco antes de ser iluminada a cidade, mas no interior da igreja há a luz morta dos templos. Ao subir o pano entra na igreja uma senhora de luto, tranquilamente. Logo depois, um senhor, também sereno, e finalmente, uma jovem, agitadíssima, olhando para os lados. Passados dois ou três segundos, entra um mendigo de 50 anos, barbas e cabelos compridos, olhar sereno, expressões messiânicas, em suma, uma cabeça que despertaria a atenção dos pintores retratistas; chapéu de feltro, velho e esburacado, sem fita, em forma de saco; paletó de casimira, preto, esfarrapado, bem amplo, com os enormes bolsos cheios, volumosos; calças também escuras, remendadas "à la diable"[1]; botinas velhas, deixando ver alguns dedos sem meias. Traz um pau tosco, que lhe serve de bengala, e um maço de jornais amarrotados. Vem andando com o desembaraço que lhe permite a saúde de uma velhice bem nutrida. Ao avistar um rapaz que entra em sentido contrário, simula, instantaneamente e com muita prática, um grande abatimento, uma expressão de angustioso sofrimento; e, apoiando-se na "bengala", procura sentar-se a custo sobre os jornais que atirara no primeiro degrau da escada, ao mesmo tempo que retira o chapéu e estende-o ao rapaz. Este, maquinalmente, sem olhar, atira uma moeda, que o mendigo apanha com o chapéu, tão habilmente como um pelotário apanharia uma bola na cesta... O rapaz entra na igreja, enquanto o mendigo diz, sem dar grande importância ao esmoler:

    Mendigo — Deus lhe pague... (*Olha para dentro da igreja e para os lados, para então ajeitar melhor os jornais, a "bengala" e o chapéu, tomando posição cômoda e de-*

1. Expressão francesa que significa "sem cuidado".

finitiva para o "trabalho"... – Em seguida, entra outro mendigo – mesma idade, mesmos farrapos, mas de aparência pior, porque revela um grande abatimento físico. É mesmo esquálido e faminto – Mendigo, distraidamente, à passagem do outro, estende-lhe o chapéu:) Ah! (Risonho) Desculpe... Não tinha reparado que o senhor é colega...

Outro – Ainda não fiz nada hoje, velhinho. Tenho cigarros. Aceita um?

Mendigo – São bons?

Outro – Hoje, até as pontas que consegui apanhar são de cigarros ordinários! *(Tira do bolso uma latinha cheia de pontas de cigarros, abre-a e oferece)*

Mendigo – Muito obrigado. Não fumo cigarros ordinários. Quer um charuto? *(Tira-o do bolso)*

Outro *(Aceitando, espantado)* – Olá!

Mendigo – É Havana! Tenho muitos! Custam 10$000[2] cada um.

Outro – Aceito, porque nunca tive jeito para roubar...

Mendigo – Nem eu.

Outro – Não foram roubados?

Mendigo – Foram comprados. Ainda não sou ladrão...

Outro – Desculpe. É que...

Mendigo – Não é preciso pedir desculpas. Não sou ladrão, mas podia sê-lo. É um direito que me assiste.

Outro *(Sentando-se na escada)* – Acha?

Mendigo – Acho, mas sempre preferi trabalhar. Como trabalhar nem sempre é possível, resolvi pedir es-

---

2. Dez mil-réis. O mil-réis constituía o padrão monetário brasileiro até 1942, quando foi substituído pelo cruzeiro.

	mola, antes que fosse obrigado a roubar. Pedir dá menos trabalho.
Outro	(*Alarmado*) – E é por isso que o senhor pede?
Mendigo	– Só. O senhor conhece a história do mundo?
Outro	– Não.
Mendigo	– Antigamente, tudo era de todos. Ninguém era dono da terra e a água não pertencia a ninguém. Hoje, cada pedaço de terra tem um dono e cada nascente de água pertence a alguém. Quem foi que deu?
Outro	– Eu não fui...
Mendigo	– Não foi ninguém. Os espertalhões, no princípio do mundo, apropriaram-se das coisas e inventaram a Justiça e a Polícia...
Outro	– Pra quê?
Mendigo	– Para prender e processar os que vieram depois. Hoje, quem se apropriar das coisas é processado pelo crime de apropriação indébita. Por quê? Porque eles resolveram que as coisas pertencessem a eles...
Outro	– Mas quem foi que deu?
Mendigo	– Ninguém. Pergunte ao dono de uma faixa de terra na Avenida Atlântica se ele sabe explicar por que razão aquela faixa é dele...
Outro	– Ora! É fácil. Ele dirá que comprou ao antigo dono.
Mendigo	– E o antigo dono?
Outro	– Comprou de outro.
Mendigo	– E o outro?
Outro	– De outro.

Mendigo	– E este outro.
Outro	– Do primeiro dono.
Mendigo	– E o primeiro dono, comprou de quem?
Outro	– De ninguém. Tomou conta.
Mendigo	– Com que direito?
Outro	– Isso é que eu não sei.
Mendigo	– Sem direito nenhum. Naquele tempo não havia leis. Depois que um pequeno grupo dividiu tudo entre si, é que se fizeram os Códigos. Então, passou a ser crime... para os outros, o que para eles era uma coisa natural...
Outro	– Mas os que primeiro tomaram conta das terras eram fortes e podiam garantir a posse contra os fracos.
Mendigo	– Isso era antigamente. Hoje os chamados donos não são fortes e continuam na posse do que não lhes pertence.
Outro	– Garantidos pela Polícia, pelas classes armadas...
Mendigo	– Sim. Garantidos pelos que também não são donos de nada, mas que foram convencidos de que devem fazer respeitar uma divisão na qual não foram aquinhoados.
Outro	– E o senhor pretende reformar o mundo?
Mendigo	– Tinha pensado nisso, mas depois compreendi que a humanidade não precisa do meu sacrifício.
Outro	– Por quê?
Mendigo	– Porque o número de infelizes avoluma-se assustadoramente...
Outro	(Sorrindo) – E foi por isso que desistiu de reformar o mundo?

Mendigo	– Foi. Abandonei a sociedade e resolvi pedir-lhe o que me pertence. Exigir é impertinência; pedir é um direito universalmente reconhecido. Dá prazer a quem se pede, não causa inveja. O senhor já reparou que ninguém é contra o mendigo? Por que será? Porque o mendigo é o homem que desistiu de lutar contra os outros.
Outro	– Os homens não precisam de nós…
Mendigo	– Precisam, senhor… Como é o seu nome?
Outro	– Barata.
Mendigo	– Precisam, mas não dependem; e é por isso que nos olham com ternura.
Outro	– Ora!… Quem é que precisa de um mendigo?
Mendigo	– Todos! Eles precisam muito mais de nós do que nós deles. O mendigo é, neste momento, uma necessidade social. Quando eles dizem: "Quem dá aos pobres empresta a Deus", confessam que não dão aos pobres, mas emprestam a Deus… Não há generosidade na esmola: há interesse. Os pecadores dão para aliviar seus pecados; os sofredores, para merecer as graças de Deus. Além disso, é com a miséria de um níquel que eles adiam a revolta dos miseráveis…
Outro	– Mas quando agradecem a Deus, revelam o sentimento da gratidão.
Mendigo	– Não há gratidão. Só agradece a Deus quem tem medo de perder a felicidade. Se os homens tivessem certeza de que seriam sempre felizes, Deus deixaria de existir, porque só existe no pensamento dos infelizes e dos temerosos da infelicidade. Quem dá esmola pensa que está comprando a fe-

	licidade, e os mendigos, para eles, são os únicos vendedores desse bem supremo.
Outro	(Desanimado) – A felicidade é tão barata...
Mendigo	– Engana-se. É caríssima. Barata é a ilusão. Com um tostãozinho,[3] compra-se a melhor ilusão da vida, porque quando a gente diz: "Deus lhe pague...", o esmoler pensa que no dia seguinte vai tirar cem contos[4] na loteria... Coitados! São tão ingênuos... Se dar uma esmola, um mísero tostão, à saída de um "cabaret", onde se gastaram milhares de tostões em vícios e corrupções, redimisse pecados e comprasse a felicidade, o mundo seria um paraíso! O sacrifício é que redime. Esmola não é sacrifício! É sobra. É resto. É a alegria de quem dá porque não precisa pedir.
Outro	– O senhor é contra a esmola?
Mendigo	– Sou a meu favor e contra os outros. A sociedade exige que eu peça. Eu peço. E foi pedindo que me vinguei dela.
Outro	– Como assim?!
Mendigo	– Porque, obrigado a pedir, fui obrigado a enriquecer!
Outro	(Em segredo) – O senhor é rico?!
Mendigo	– Riquíssimo! Não tive outro remédio...
Outro	– Há de me explicar como foi obrigado a ficar rico.
Mendigo	– A sociedade é muito defeituosa, meu velho. Pela lógica, o mendigo deveria ser sempre pobre. Pelo menos, enquanto fosse mendigo. Entretanto, pobres, realmente pobres, são os ricos. Pobres de

3. Um tostão (moeda de níquel) equivalia a 100 réis.
4. Um conto equivalia a 1 milhão de réis.

espírito, pobres de tranquilidade, de fraternidade, e, às vezes, até de dinheiro!

Outro — Não estou entendendo nada… *(O senhor que entrara na igreja sai, visivelmente preocupado, agitado, indeciso. O Outro estende-lhe a mão)* — Uma esmolinha pelo amor de Deus!… *(O senhor não dá)*

Mendigo *(Estendendo-lhe o chapéu)* — Favoreça, em nome de Deus, a um pobre que tem fome!… *(O senhor dá e sai agitadíssimo – O Outro irrita-se)* — Conhece esse sujeito?

Outro — Não.

Mendigo — É o Vieira de Castro, presidente do "consortium"[5] das fábricas de tecidos. Milionário. Tanto quanto eu! Observou a aflição desse homem, procurando

5. Ou *consórcio*, grupo de empresas que têm operações em comum.

igrejas a esta hora da noite? Sabe o que significa um momento de contrição religiosa de um milionário?

Outro — Não.

Mendigo — Egoísmo. Luta entre eles! Miséria!... Pior do que a nossa!

Outro — Do que a minha?!...

Mendigo — Sim, porque a minha faria inveja ao homem mais rico do mundo... A minha miséria é a miséria mais confortável que há.

Outro — Mas não me explicou ainda como foi obrigado a fazer fortuna.

Mendigo — Pedindo e guardando. Fui obrigado a guardar, porque a sociedade me impedia de gastar. Esta roupa, que recebi como esmola, visto-a há 25 anos. Substituí-la por uma nova seria desmoralizar a minha profissão... Logo, fui obrigado a economizar, pelo menos, o valor de dois ternos por ano... cinquenta ternos. Vinte e cinco contos!

Outro — A 500$000 cada um?

Mendigo — É quanto me custam agora... Obrigado a comer os restos de comida que os outros me davam, calculo a minha economia, por baixo, em 6$000 diários... sem gorjetas...

Outro (*Fazendo cálculos*) — Cento e oitenta por mês... 2 vezes nada, nada; 2 vezes 8, 16; 2 vezes 1, 2 e um 3; uma vez nada, nada; 1 vez 8, 8; 1 vez 1, 1; 6, 11 e vai, 2. Dois contos cento e sessenta por ano...

Mendigo — Em 25...

Outro (*Novos cálculos balbuciando e contando pelos dedos*) — ... Mais de 50 contos.

Mendigo	– Acrescente agora outras despesas, como cinemas, teatros, esportes e certos luxos que me pareceram inconvenientes para um mendigo, e compreenderá como pode um mendigo enriquecer e um rico empobrecer.
Outro	– Tem razão.
Mendigo	– Nós vivemos acumulando as sobras da sociedade. E a sociedade pensa que as sobras não fazem falta... É a ilusão do lucro, porque não há lucro. O que há é uma necessidade menor no momento em que o dinheiro é maior. Quando a necessidade aumenta, o que era lucro passa a ser prejuízo. Se o senhor não tiver necessidade de comprar um automóvel, não sentirá falta do dinheiro que ele custa. Se o senhor não tiver nenhuma necessidade, o dinheiro que tiver no bolso será lucro. É sobra. Pouco se lhe dá deitá-la fora. E nós, os mendigos, somos a lata de lixo da humanidade.
Outro	– Mas o senhor é rico mesmo?!
Mendigo	– Sou. Mas não tenho culpa nenhuma disso...
Outro	– E pretende continuar esmolando?
Mendigo	– Até o fim da vida. Não me dá trabalho nenhum... Não pago imposto, não estou sujeito a incêndio nem a falência...
Outro	– Mas, se vivesse dos rendimentos, também não precisaria trabalhar. Por que não emprega o seu dinheiro na indústria, no comércio ou na lavoura?
Mendigo	– Para quê, se não tenho necessidade de arriscar o meu capital?!
Outro	– Em compensação, ganharia muito mais.

Mendigo	– Puro engano. O lucro maior não é a maior quantidade de dinheiro que sobra. No comércio ou na indústria, quem ganha mais precisa gastar mais. No meu caso, dá-se o contrário: quanto mais ganhar, menos preciso e devo gastar, para ganhar mais e mais. E depois, o que faço não é ganhar; é cobrar o que a sociedade me deve. E cobro humildemente, suavemente, em prestações módicas.
Outro	– Quanto lhe deve a sociedade?
Mendigo	– Tanto quanto deveria caber a mim, se houvesse uma divisão "camarada".
Outro	– Comigo essa gente tem sido muito caloteira...
Mendigo	– É que o senhor não sabe cobrar... Como é que o senhor pede uma esmola?
Outro	– Como todos: "Uma esmola pelo amor de Deus!..."
Mendigo	– Isso é passadismo!... Ninguém mais ouve esse pedido. Deus é uma palavra sem expressão. Quando se diz "Ai, meu Deus!" – é como se estivesse dizendo: "Ora, bolas!" O senhor nunca ouviu um ateu dizer: "Graças a Deus sou ateu"?
Outro	– Já.
Mendigo	– Pois então? Hoje, poucos compreendem o valor dessa expressão. Fale em fome. Fome é mais impressionante. Há mais de 30.000.000 de famintos no mundo! Mas fale em fome, sempre onde não haja pão ou comida.
Outro	– Para quê?
Mendigo	– Para que eles lhe deem dinheiro. O senhor, com certeza, tem mendigado a domicílio...
Outro	– Realmente, sempre vivi percorrendo casas de família.

Mendigo	– É um mal. Quem mendiga a domicílio não faz carreira. Só dão pratos de comida e restos de pão. Adote o meu sistema. Especializei-me em transeuntes e portas de igrejas em dia de missa de defunto rico. Leia os jornais. Pelos anúncios, calculo a féria do dia.
Outro	– E hoje, por que está aqui, a esta hora?
Mendigo	– O senhor não sabe? Bem se vê que o senhor não tem vocação para mendigo. E falta-lhe prática. Hoje é o dia do encerramento do mês de Maria. A igreja está repleta. *(Retirando um papel do bolso e lendo-o)* – Aqui está a lista que o meu secretário apresentou: "Lotação completa: oitocentas e cinquenta pessoas".
Outro	– O senhor tem secretário?
Mendigo	– Contratei um rapaz esperto, que percorre a cidade, lê jornais e lembra-me as datas. Às vezes, estou tranquilamente em casa, em minha biblioteca, metido num dos meus lindos "robes de chambre", lendo Upton Sinclair, Karl Marx... quando recebo telefonema urgente. É o meu secretário, avisando sobre uma boa missa, um excelente casamento, uma festa popular, onde há maior número de generosos, segundo a sua psicologia.
Outro	– O senhor tem uma organização perfeita!
Mendigo	– O serviço está bem organizado. Aqui nesta igreja, por exemplo, estão *(Lê)* – "234 pessoas de luto, sendo 183 senhoras". Nota: "A maioria é de luto recente". *(Falando)* – Luto recente é um grande sinal de generosidade. *(Lendo)* – "86 solteironas", – *(Falando)* – A solteirona é um grande amigo do mendigo. Quando a gente diz: "Deus lhe pague",

	ela vê logo um lindo rapaz caindo do céu por descuido... Mas é preciso que, ao pedir, a gente tenha um certo sorriso de bondade e malícia nos lábios... É uma esperança de casamento...
Outro	– Vamos ao resto! Sinto que vou melhorar a minha vida!
Mendigo	– Vá por mim... *(Lendo)* – "Comerciantes com cara de falência próxima, 18. Noivos e namorados com as respectivas, 96. O resto é gente 'chic', além de pecadores arrependidos". *(Falando)* – O meu secretário é um grande psicólogo!
Outro	– Está-se vendo!...
Mendigo	– Como vê, a féria vai ser grande. Comerciante falido dá pouco, mas não deixa de dar: tem medo da miséria. Namorado dá dois mil-réis. Noivo dá dez tostões. Já tem mais intimidade com a pequena... Pecadores, em geral, dão níqueis...
Outro	– O senhor nasceu mendigo!
Mendigo	– Não. Nasci trabalhador! Lutei muito pela vida! Luta desigual! Eu era um pobre operário, com a cabeça cheia de sonhos e os braços em constante movimento. Cheguei às portas da fortuna e não pude entrar, porque me bateram com as portas na cara!
Outro	– Há muito tempo?
Mendigo	– Há 25 anos... Eu vou-lhe contar... *(Apagam-se todas as luzes do Teatro. O Mendigo é substituído por um figurante de igual tipo, que permanecerá em seu lugar. Ao mesmo tempo, sobe o telão, desaparecendo a igreja e deixando ver um tablado superior, provido de luzes fortes. À frente desse tablado cai uma cortina de gaze. As luzes da "avant-scéne"[6] ficam apagadas)*

6. Parte dianteira do palco, junto aos refletores colocados ao nível do piso.

Cenário do tablado: Um gabinete pobre. Móveis simples de sala de jantar. Lâmpada comum pendente de um fio. Ao subir o Telão, está em cena Maria, cantarolando, feliz, enquanto arruma a mesa de jantar. Veste-se com extrema simplicidade, usa coque e chinelos, tudo como há 25 anos. São 8 horas da noite. Logo batem à porta. Maria vai abrir. Entra um Senhor bem posto, com ares importantíssimos. Maria limpa as mãos no avental, para cumprimentá-lo. Ele nem se apercebe disso.

Senhor — Boa noite.

Maria — Boa noite. *(Limpando uma cadeira com o avental)* — Faça o favor de sentar-se.

Senhor *(Risonho)* — Obrigado. Não tem curiosidade de saber quem sou eu?

Maria *(Contente)* — Não perguntei ainda, porque o senhor está tão bem vestido...

Senhor — Só por isso?...

Maria — Só. O senhor deve ser muito importante e eu não sei se é falta de educação perguntar. *(Senhor sorri)* — Os hábitos das pessoas importantes são tão diferentes dos nossos...

Senhor — São os mesmos, minha senhora. A educação é uma só.

Maria — Pois eu acho que não é...

Senhor — Por quê?

Maria — Porque, pelos nossos hábitos, aperta-se a mão das pessoas...

Senhor — As pessoas importantes, quando são educadas, também fazem isso...

Maria — Mas o senhor não fez...

Senhor *(Sorrindo e apertando-lhe a mão)* — Foi distração. Boa noite.

Maria — Boa noite. Posso perguntar?...
Senhor — Pode.
Maria — Quem é o senhor?
Senhor — Sou o diretor das fábricas onde seu marido trabalha.
Maria (*Espantada*) — Ah! (*Limpando a cadeira*) — Faça o favor de sentar-se!
Senhor (*Sentado*) — Muito obrigado. Não é preciso ficar afobada...
Maria (*Reparando nele*) — Juca é um mentiroso!
Senhor — Quem é Juca?
Maria — Meu marido.
Senhor — Por que é que ele é mentiroso?
Maria — Ele me disse que o senhor tem cara de chimpanzé!
Senhor — Oh! Você acha?
Maria — Não. Não acho. Mas o senhor também não é como eu pensava.
Senhor — Como é que você pensava?
Maria — Pensava que o senhor fosse "milionário"!
Senhor — Pois eu sou milionário.
Maria — Ah! Então, os milionários são assim?
Senhor — Assim, como?
Maria — Assim... Eu pensava que milionário andasse com roupas de ouro... chapéu de ouro... (*O Senhor sorri*) — O senhor come?
Senhor — Como...
Maria — Tem dores de cabeça?
Senhor — Tenho...
Maria — Tem rins?

Senhor — Tenho…
Maria — E doem?
Senhor — Horrivelmente!
Maria — E o senhor, quando tem sede, bebe água?
Senhor — Bebo.
Maria — Tem pesadelos de noite?
Senhor — Quase sempre!
Maria — Ora! *(Rindo)* — Que tola! Eu vivia sonhando com um milionário e, afinal, um milionário não vale nada!
Senhor *(Sorrindo)* — Oh!…
Maria — Prefiro o meu Juca!
Senhor — Por quê?
Maria — O meu Juca é muito diferente! Nunca tem dor de cabeça! Não tem dores nos rins e sonha sonhos lindos! Nunca teve um pesadelo!
Senhor — É um homem feliz, o seu marido! Onde está ele?
Maria — Não deve tardar. Ele agora fica na fábrica até mais tarde.
Senhor — Já sei. Fazendo a experiência de um novo invento…
Maria — O senhor já sabia?!
Senhor — Já. É justamente para falar-lhe sobre isso que estou aqui.
Maria — O senhor acha que ele pode ficar rico?
Senhor — Mais do que eu!
Maria *(Contente)* — Que bom! O aparelho é tão bonitinho, não é?
Senhor — Só vendo…

Maria (*Indignada*) – Pois eu vou mostrar ao senhor! (*Sai apressada – O Senhor levanta-se, visivelmente contente, e vai à porta de entrada espreitar. Maria volta, trazendo um canudo de lata*) – Está tudo aqui neste canudo! (*Entrega-o*) – Faça o favor de ver! (*O Senhor retira os desenhos e examina-os rapidamente*) – O senhor está muito enganado! Juca é o homem mais inteligente do mundo!

Senhor – Realmente, os desenhos estão perfeitos...

Maria – Com essa máquina, um operário só faz o serviço de cem! Está tudo escrito por ele.

Senhor – Você já leu?

Maria – Não li, porque não sei; mas a letra é muito bonita. A papelada está guardada comigo. Juca só tem confiança em mim!

Senhor	– Vê-se logo!...
Maria	– Escondi tudo debaixo do colchão!
Senhor	– Mas eu não acredito que ele tenha uma letra bonita.
Maria	– Não acredita?
Senhor	– Não! Só vendo...
Maria	– Pois vai ver! *(Sai. Senhor dobra os desenhos, guarda-os no bolso e tampa o canudo. Volta à porta para espreitar – Maria volta com um maço de papéis)* – Olha aqui! Onde é que o senhor viu uma letra mais bonita?
Senhor	*(Apanhando os papéis)* – Linda! Juca é um grande homem.
Maria	– Não é mesmo?
Senhor	*(Lendo, rapidamente)* – E como escreve bem! *(Lendo alto distraidamente)* – "... o segredo está nas lançadeiras A e B, cujo movimento..." *(Continua a ler baixo)*
Maria	– O senhor está lendo o segredo?!
Senhor	– Estou, mas eu sou um homem honrado!
Maria	– E o senhor dá a sua palavra de honra...?
Senhor	– De que sou honrado?
Maria	– É.
Senhor	– Dou. *(Dando-lhe papéis e canudo)* – Mas você deve guardar isto direitinho e nunca mais mostrar a ninguém!
Maria	– Juca, quando sai de casa, me diz sempre isso.
Senhor	– Pois, é. Há muita gente que não presta, espalhada por aí. E não diga ao seu marido que me mostrou esses papéis.

Maria — Acha que fiz mal?

Senhor — Não fez mal porque eu sou de confiança, mas ele ficaria zangado com você.

Maria — Então, pelo amor de Deus, não conte a ninguém que eu lhe mostrei tudo!

Senhor — Descanse... *(Risonho, mimando-lhe o queixo)* — Se um dia ele brigar com você, você irá morar num palácio... terá vestidos de seda... joias, um lindo "coupé"[7] para passear...

Maria — Tudo isso, se ele brigar comigo?

Senhor — É. E muito mais ainda!...

Maria — Quem é que dá?

Senhor — Eu!

Maria — Então, não faz mal que ele zangue comigo?

Senhor — Não! Mas não é hoje. Você deve fingir que não sabe de nada, deve-lhe dar muitos beijos para que ele não desconfie!

Maria — É assim que as pessoas importantes fazem?

Senhor — Basta fazer como lhe disse. Vamos, guarde esses papéis.

Maria *(Apanhando os papéis e o canudo)* — Que bom! Estou ficando importante! *(Sai apressada — O Senhor vai novamente à porta, quando entra Juca, moço, 25 anos, vestido como os operários de 1905)*

Senhor — Boa noite.

Juca *(Desconfiado)* — Boa noite... O senhor em minha casa?

Senhor *(Risonho)* — Quis ter a honra de ser o primeiro a abraçá-lo.

7. Ou *cupê*, carruagem ou automóvel de passeio.

Juca	– Por quê?
Senhor	– Então, trabalhando às escondidas...
Juca	– Espero que não venha censurar-me por permanecer na fábrica depois de acabado o serviço...
Senhor	– Ao contrário! Sempre tive grandes simpatias por você.
Juca	– Obrigado.
Senhor	– E já estou informado de que estás às portas da fortuna, com o invento do novo tear.
Juca	(*Modesto*) – Qual! Um aparelhozinho sugerido pela preguiça de um operário cansado...
Senhor	– Uma preguiça que faz o trabalho de cem operários...
Juca	(*Alarmado*) – Como é que o senhor sabe disso?!
Senhor	– Só assim o seu invento teria o valor que o meu gerente lhe atribui.
Maria	(*Entrando, com vivacidade, maneiras "importantes", e beijando Juca muitas vezes*) – Você já veio, Juca? Oh! Demorou tanto!
Juca	(*Intrigado*) – O senhor já havia falado com minha mulher?
Senhor	– Apenas tive tempo de perguntar-lhe por você...
Juca	(*Meio atrevido*) – Mas, afinal, que é que o senhor deseja de mim?
Senhor	(*Enérgico*) – Não se esqueça de que sou seu patrão! (*Juca encolhe-se, humildemente*) – Não se julgue, por enquanto, um grande senhor! Seu invento será inútil sem o meu auxílio.
Juca	– Já tenho propostas de fábricas estrangeiras...

Senhor	– É a mesma história de todos os inventos nacionais... *(Sentando-se)* – Sente-se! *(Juca não obedece)* – Sente-se!
Juca	– Peço-lhe que me dispense. Ficaria constrangido diante do patrão. *(O Senhor sorri)*
Maria	– Sente, Juca! Você vai ficar mais rico do que ele.
Juca	– Quem foi que disse isso?!
Maria	– Ele mesmo!
Juca	*(Desconfiado)* – Ah!... *(Ao Senhor)* – Acha, então, que vou enriquecer?
Senhor	– Se não for idiota!
Juca	– Como assim?
Senhor	– Transferindo o invento para mim, convencido de que não o poderia explorar.
Juca	– E depois?
Senhor	– Ser-lhe-ia garantida uma percentagem sobre o excesso da produção...
Juca	– Isto quer dizer...?
Senhor	– ... que em pouco tempo você seria milionário... à minha custa...
Juca	– À custa do meu invento...
Senhor	– Já lhe disse que o seu invento não vale nada... sem o meu auxílio!...
Juca	*(Indeciso)* – É... Mas... *(Senta-se, distraidamente)* – Há três anos que venho perdendo noites inteiras... O meu salário tem sido consumido em experiências...
Senhor	– Pois agora terá a recompensa de todo o sacrifício!... *(Levantando-se)* – Pense bem, para que amanhã não me procure, arrependido... *(Vai a*

sair. À porta apalpa o bolso em que guardara os desenhos) – Não se esqueça de que a sua felicidade está no meu bolso... Boa noite! (Sai. Juca permanece pensativo)

Maria   (Que foi até a porta e voltou) – Você não desconfia de nada?

Juca   – Desconfio dele!...

Maria   – Que tolo! Devia desconfiar de mim...

Juca   – Por quê?

Maria   (Depois de hesitar – num arroubo de sinceridade:) – Ora! Eu não dou para fingimentos de gente importante!

Juca   – Que é que você quer dizer com isso, Maria?!

Maria   – Eu mostrei tudo a ele!

Juca   (Furioso) – Hein?! Que é que você está me dizendo?!

Maria   – Não adianta ficar zangado, porque ele me prometeu palácios, vestidos de seda e tudo!

Juca   – Maria! Onde estão os meus papéis?! (Sai a correr. Maria corre à porta que dá para a rua e nela aparece o Senhor)

Senhor   – Indiscreta...

Maria   – O senhor ainda está aí?

Senhor   – Estou sempre onde está o meu interesse...

Juca   (Dentro – desesperado) – Maria!!!

Maria   – Fuja, pelo amor de Deus!

Senhor   – Boa noite... menina... Fique pensando num lindo palácio... e nos vestidos de seda...

Maria   (Nervosa) – Agora não tenho tempo!

Senhor   – Boa noite... (Sai)

Juca	(*Dentro*) – Maria! (*Maria permanece onde estava, aparvalhada. Juca entra, trazendo os papéis e o canudo, sem a tampa*) – Maria! Onde estão os meus desenhos?
Maria	(*Sem se mover*) – No canudo...
Juca	(*Atirando tudo ao chão*) – Foram roubados, Maria! Toda a nossa vida! (*Num ímpeto, a sair:*) – Canalha! Miserável! (*Sai a correr para a rua. Maria apanha o canudo, examina-o, atira-o sobre a mesa e apanha os papéis, amarrotando-os. Entra uma mulher do povo, vizinha*).
Mulher	– Que foi, Maria?
Maria	– Foi o Juca!... Os desenhos... O palácio... Os vestidos de seda...
Mulher	(*Espantada*) – Que é que você tem?
Maria	– Nada... Foi aquele homem! (*Com expressão de louca*)
Mulher	– Que homem?
Maria	(*Idem*) – O diabo! Aquele homem era o diabo!
Mulher	– Que é isso, Maria?
Maria	– Não sei! Tenho vontade de gritar!
Mulher	– Por quê?
Maria	– Aquele homem!... O palácio! Os vestidos! As joias!...
Mulher	– Maria!
Maria	(*Delirando*) – Aqui é o meu palácio! Como é bonito! Está vendo a escadaria de mármore?
Mulher	(*Sacudindo-a*) – Maria! Maria!
Maria	– Não me rasgue o vestido de seda! Você está com inveja!

Mulher	— Coitada. *(Entra o Senhor)*
Maria	*(Apontando-o)* — Olha o diabo! Foi ele que me deu este palácio! Não foi?
Senhor	*(Surpreso, mas sempre sorrindo)* — Foi. *(Toma-lhe os papéis)* — E agora? Vamos ao teatro? *(Pilheriando)* — Vamos! Vá buscar a sua "toilette"[8] mais rica.
Maria	— Aquela de pedras preciosas?
Senhor	— É. *(Maria sai, de busto erguido e ares importantes)*
Mulher	— Coitada! Enlouqueceu! Que foi, senhor?
Senhor	— Vítima de um marido possesso.
Mulher	— O Juca?!
Senhor	— Foi preso agora mesmo, porque pretendeu assaltar-me para roubar, quando entrava no meu carro!
Mulher	— Preso?!
Senhor	— Sim! E será processado como ladrão! *(Sai)*
Mulher	— Coitado! *(Olha para a porta por onde saiu Maria e sai. Em seguida, Maria entra, atravessa a cena, do quarto para a rua, da mesma maneira por que saíra, mas com uma toalha de mesa amarrada à cintura e arrastando, como cauda, outros trapos, e um chapéu de homem, com uma pena de espanador, à cabeça. Neste momento, torna a escurecer e reaparece a porta da igreja, onde já estão os mendigos novamente a conversar)*
Outro	— Enlouqueceu?
Mendigo	— Esteve no hospício durante muitos anos, convencida de que era a mulher mais rica do mundo!
Outro	— E o senhor?

8. Ou *toalete*, traje, vestuário feminino.

Mendigo	– Fui preso e condenado a seis anos de prisão celular, como assaltante!
Outro	– Sofreu muito?
Mendigo	– Durante um ano. Depois compreendi que a vida é uma sucessão de acontecimentos inevitáveis... como a chuva, o vento, a tempestade... o dia e a noite... Tudo o que acontece é a vida. O senhor pode evitar que chova? Pode evitar que o vento, um dia, em furacão, arrase tudo?
Outro	– Não!
Mendigo	– Pois as desgraças são também inevitáveis. *(Pausa)*
Outro	– E Maria?
Mendigo	– Minha mulher? Visitei-a muitas vezes no hospício, depois que saí da prisão. Um dia a pobrezinha desapareceu. Dizem que anda pelas ruas a divertir os moleques.
Outro	– Nunca mais a viu?
Mendigo	– Nunca.
Outro	– Deve estar velha.
Mendigo	– Como eu...
Outro	– Como é triste a sua vida, meu velho!...
Mendigo	– Triste? Não! É apenas Vida. Não há vida triste, nem alegre. Nós todos nascemos e morremos. O princípio e o fim de todos são iguais.
Outro	– Mas, viver não é nascer, nem morrer...
Mendigo	– Não. Viver é raciocinar. E o raciocínio é o supremo bem da vida. Quem raciocina não sofre... Pelo raciocínio, sabemos o fim de todas as coisas. A sociedade vai sofrer, porque não raciocina.
Outro	– Como assim?

Mendigo	– A sociedade admitiu os vícios e as virtudes, quando os vícios e as virtudes não fazem parte da vida... Amor, ódio, saudade, egoísmo, honra, caráter e a própria caridade, da qual vivemos, são fantasias que andam por aí, dificultando a vida, quando a vida é tão simples. Viver é só respirar, comer, beber e dormir. E a própria natureza nos dá tudo.
Outro	– É mesmo. Até agora não tinha pensado nisso.
Mendigo	– É que o senhor pensa que pensa mas não pensa.
Outro	– Realmente, complicaram muito a vida, sem necessidade nenhuma!
Mendigo	– É por isso que eu abandonei a vida... essa vida complicada pelos outros. Vivo à margem. Sou espectador do sofrimento humano, e deixo que os homens lutem para livrar-se dos seus próprios erros. Não sou conviva desse grande banquete, obrigado a casaca e a outros suplícios. Contento-me com os restos que vão caindo da mesa... *(Neste momento entra uma linda e elegantíssima mulher, que se dirige para a igreja, como se estivesse procurando alguém: Mendigo esconde-se sob o chapéu)*
Outro	*(Suplicando)* – Favoreça a um pobre que tem fome! *(A mulher elegante dá e procura outro níquel na bolsa, para dar ao Mendigo, aproximando-se dele)* Nossa Senhora lhe acompanhe!
A mulher elegante	– Amém. *(Dá um níquel ao Mendigo e entra na igreja)*
Mendigo	– Sabe quem é essa mulher?
Outro	– Deve ser muito rica. Deu-me dois mil-réis.
Mendigo	– É a mulher que vive comigo...

Outro — E ela sabe que o senhor é mendigo?
Mendigo — Não. Para ela eu sou um capitalista! E a um capitalista não se pergunta a profissão!
Outro — Por quê?
Mendigo (Risonho) — Porque é feio...

O texto aqui reproduzido foi extraído de: CAMARGO, Joracy. *Deus lhe pague – Figueira do inferno – Um corpo de luz*. Rio de Janeiro, Ediouro, 1967.

Joracy Camargo

(1898-1973) nasceu e morreu no Rio de Janeiro, onde se formou em Ciências Jurídicas e Comerciais. Ainda adolescente, iniciou sua carreira de ator. Nos anos 1920, escreveu, por encomenda, algumas peças para o teatro de revista.

Mas o sucesso veio, de fato, em 1932, com a peça *Deus lhe pague*, logo encenada pela companhia teatral do ator Procópio Ferreira. O êxito foi imediato: seguiram-se apresentações por todo o país, além de em Portugal, na Espanha e na Argentina (onde, aliás, foi adaptada para o cinema). O texto foi traduzido para várias línguas, entre elas o polonês, o hebraico e o japonês.

Folha Im

Chegando a ser proibida pelo tom revolucionário e pela abordagem de temas sociais e políticos, a peça é considerada um marco na história do teatro brasileiro. Seu autor foi eleito, em 1967, para a Academia Brasileira de Letras.

Quero mais

Os textos que você acabou de ler são mesmo um *espetáculo*, não achou? Agora que as cortinas abaixaram, que tal fazer uma visita guiada aos bastidores do teatro?

Nas páginas seguintes, você encontrará informações importantes sobre os textos teatrais e, quem sabe, se sentirá tentado a encarar o palco com os seus colegas, montando o seu próprio espetáculo.

O texto teatral

Teatro em letras

Embora produzido para ser encenado, isto é, levado ao palco, o texto teatral ou dramático pode ser lido como qualquer outra narrativa literária – conforme você pôde observar nesta antologia. Entretanto, apresenta algumas características específicas, que o tornam diferente.

Uma peça teatral geralmente não é dividida em capítulos, como os romances, mas em atos. Cada ato compreende uma ação completa, com começo, meio e fim, ligando-se direta ou indiretamente ao ato seguinte. Por sua vez, os atos são divididos em cenas ou quadros, unidades cênicas menores, cujo número varia em cada texto. Normalmente, o que determina uma mudança de cena (ou quadro) é a entrada ou saída de algum personagem.

Outra diferença: na maioria das vezes, não encontramos nas peças a figura do narrador, mas apenas os nomes dos personagens acompanhados de suas falas e algumas informações (geralmente entre parênteses) que indicam seus gestos e entonações ou alguma alteração na cena (as chamadas rubricas ou didascálias).

Assim, os personagens se expõem diretamente, como se tudo acontecesse ali, na nossa frente, pela primeira vez. E ao leitor cabe um intenso trabalho de imaginação: já que não há um narrador relatando os fatos, comentando o que se passa na mente dos personagens, indicando o que aconteceu antes ou antecipando o que virá depois, somos levados a imaginar tudo, apoiados apenas naquilo que os personagens dizem e no seu modo de agir.

Quantos atos tem um espetáculo?

Antigamente, os textos teatrais costumavam apresentar cinco atos; com o passar do tempo, passaram a ser três; atualmente, esse número varia, existindo inclusive peças com um único ato. Em alguns textos, aparece até uma indicação do autor (ou dramaturgo) para que se "abaixe a cortina" ao final de cada ato, a fim de marcar bem a divisão do espetáculo.

Nas adaptações cinematográficas e nas montagens teatrais, o texto original pode sofrer alterações e atualizações, dependendo das escolhas do diretor. No filme *Dois perdidos numa noite suja*, por exemplo, a história se passa em Nova York e o personagem Paco é vivido pela atriz Débora Falabella, em atuação marcante.

O texto teatral

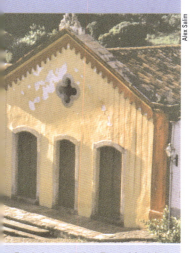

Fundado em 1770, o Teatro Municipal de Ouro Preto, antes denominado Casa da Ópera de Vila Rica, é considerado o mais antigo, em funcionamento, da América do Sul. Nele já foram encenadas muitas peças de cinco atos, divisão que prevaleceu até o século XIX.

Teatro é ação

Quando lemos um texto teatral, observamos que uma ação leva a outra, construindo-se uma sucessão de eventos, ligados pelo avanço do tempo; e também que uma ação justifica, explica a outra, criando-se uma progressão, sendo estabelecidas relações de causa e efeito entre tais eventos. Essas alterações geram movimento e configuram, passo a passo, o conflito dramático da peça, impulsionando a ação, até o desfecho.

Quem age no texto são os personagens, e suas falas expressam tais ações. Sabemos o que eles desejam quando se comunicam com os outros, dos quais recebem respostas. Nesse jogo alternado de falas e réplicas, a ação vai se adensando e progredindo. Portanto, durante a leitura, devemos estar atentos a como se expressa cada um dos personagens, notando quando, quanto, por que e para quem fala. Inclusive, muitas vezes, eles fazem referência a acontecimentos passados – ou que estariam ocorrendo simultaneamente – para justificar suas atitudes no presente ou antecipar outras, futuras.

Você sabia?

Em uma peça de teatro, as falas dos personagens merecem uma atenção especial. Em O pagador de promessas, *o personagem principal, Zé-do-Burro (aqui vivido pelo ator Tony Ramos), relata o que aconteceu no passado a seu companheiro de estimação, o burro Nicolau, para justificar suas atitudes no presente: afinal, fizera uma promessa que agora precisava cumprir. Nas peças de Plínio Marcos, como em* Dois perdidos numa noite suja, *o modo de falar dos personagens (aqui vividos pelos atores Alexandre Borges e José Moreira) é tão violento quanto suas ações. Gírias, palavrões, gritos e xingamentos conferem realismo e tensão ao texto.*

Do livro ao palco

Montando uma peça (1)

Depois de lidos, os textos teatrais podem ser representados, levados à cena, em montagens que ampliam sua força, potencializam sua mensagem. Então, quais devem ser os primeiros passos para transformar um texto escrito em uma encenação teatral?

Escolhida a cena ou peça, e definido quem fará parte do grupo, é preciso decidir quem será o diretor, aquela figura essencial que determina o encaminhamento dos ensaios e a configuração geral da montagem. A ele cabe o olhar organizador de quem está "de fora", fazendo por vezes o papel de plateia, ajudando os atores a se posicionarem em cena, a impostarem adequadamente a voz, corrigindo desvios de tom e falhas de memória.

Nos primeiros encontros, ocorre o chamado "ensaio ou trabalho de mesa", em que o texto deve ser discutido pelo grupo, a fim de delimitar: quais os principais temas da peça? Qual o posicionamento do autor sobre esses temas? E nós, o que pensamos a respeito? Depois, o grupo deve definir: para quem e quando o espetáculo será representado? Em que espaço? Com que objetivo? De que recursos (humanos e materiais) se dispõe?

A partir daí, devem ser distribuídos os papéis, de acordo com as características dos personagens e as habilidades de cada integrante do grupo. São essenciais também as pessoas que trabalharão na equipe técnica, como iluminadores, cenógrafos, figurinistas, técnicos de som e produtores.

A arte de dirigir

Durante muito tempo, a atenção sobre o espetáculo teatral esteve focada apenas na interpretação dos atores e na força do texto. Porém, especialmente a partir do século XX, o diretor de teatro passou a ser reconhecido como essencial para a montagem da peça, tendo cada um o seu estilo singular, a ponto de se falar, hoje, na existência de um teatro de diretores, em que seu trabalho é tão ou mais valorizado do que a atuação e o texto. Zé Celso, Fauzi Arap, Gerald Thomas, Antunes Filho, Gabriel Vilela, Antônio Araújo, Débora Dubois e Vladimir Capela, entre outros, são alguns diretores que se destacam na cena brasileira.

Mauricio Shirakawa/Divulgação

Em meados de 1960, José Celso Martinez Corrêa (o Zé Celso) dirigiu pela primeira vez o histórico Teatro Oficina, em São Paulo. Lá encenou, por exemplo, uma célebre montagem da peça *O rei da vela*, do modernista Oswald de Andrade. Em 2006, no mesmo teatro, levou para o palco uma adaptação teatral do romance *Os sertões*, de Euclides da Cunha, dirigindo a peça e interpretando o protagonista, Antônio Conselheiro (foto).

coleção

QUERO LER
Suplemento de Atividades

editora ática

CENAS DE INTOLERÂNCIA
Vários autores

Embora com tratamentos e desdobramentos diversos, os seis textos da antologia que você leu desenvolvem os temas da intolerância e da indiferença, trazendo à cena comportamentos e situações que muitas vezes marcam as relações entre as pessoas. Vamos pensar sobre alguns aspectos desses textos e aprofundar a leitura resolvendo as questões propostas a seguir?

Nome: ....

Ano: .... Ensino: ....

Escola: ....

4. Leia atentamente as afirmações a seguir, sobre a peça *Última instância*:

a) Em dois momentos da peça, o autor cria uma *cena dentro da cena*, em que os personagens assumem papel de atores: quando eles resolvem simular, teatralmente, o instante em que a polícia chegaria para recolher os depoimentos; e quando fazem a reconstituição da suposta cena do assalto.

b) Durante a cena na qual os personagens representam teatralmente como um assalto recente teria supostamente ocorrido, a viúva Maria descreve um fato real, ocorrido anos antes, que teria vitimado fatalmente Antônio, seu marido.

É correto dizer que:

( ) ambas as afirmações são verdadeiras;
( ) ambas as afirmações são falsas;
( ) apenas a primeira afirmação é verdadeira;
( ) apenas a segunda afirmação é verdadeira.

■ O QUE DIZEM OS PERSONAGENS

7. Durante o tenso diálogo entre Otavio e Tião, de *Eles não usam black-tie*, ambos se utilizam de um jogo estratégico para não se dirigirem diretamente um ao outro. Descreva e explique esse recurso retórico utilizado pelos personagens no diálogo.

8. Em *Deus lhe pague*, o primeiro mendigo apresenta-se na peça como uma espécie de filósofo ou pensador, agindo de acordo com um sistema detalhadamente pensado e justificado por ele. Com base no texto, explique resumidamente o sentido dos trechos de suas falas selecionados a seguir.

5. Na peça *A Comunidade do Arco-íris*, a linguagem do personagem Roque diferencia-se da dos demais. Em que a linguagem dele é diferente?

6. Geralmente, nas peças de teatro, não há a presença de um narrador fornecendo detalhes sobre os personagens. Eles já aparecem em cena agindo e falando. Explique, exemplificando, como nas primeiras falas do diálogo dos protagonistas de *Dois perdidos numa noite suja* já se evidenciam a indiferença provocativa de Paco e a intolerância agressiva de Tonho.

b) "Não há generosidade na esmola: há interesse."

c) "Fui obrigado a enriquecer!"

Este suplemento é parte integrante da obra **Cenas de intolerância**.
Não pode ser vendido separadamente. Reprodução proibida. © **Editora Ática**. Elaboração: Gilberto Figueiredo Martins

■ COMO AGEM OS PERSONAGENS

1. O modo como os personagens são caracterizados é muito importante no teatro. Na peça *A Comunidade do Arco-Íris*, na cena 6, os três macacos são apresentados portando "gravadores, máquinas fotográficas, um estetoscópio, e o tempo todo gravam, fotografam e auscultam as pedras e as árvores enquanto tomam anotações". Relacione essa caracterização e esse comportamento com o papel que eles terão no desfecho da peça.

....
....
....
....
....

2. Em *O pagador de promessas*, podemos dizer que os principais motivos que provocam a atitude intolerante do Padre Olavo são:

( ) o fato de Zé-do-Burro ser um simplório camponês e Rosa apresentar-se na igreja com roupas sensuais;

( ) a presença da Beata, que cobra uma atitude do Padre, e a cumplicidade duvidosa do malandro Bonitão;

( ) o fato de Nicolau ser um simples animal e a promessa de Zé-do-Burro ter sido feita em um terreiro de candomblé;

( ) a presença irritante do Sacristão, a quem o Padre quer servir de exemplo, e a repercussão do fato na imprensa local.

3. Sobre a descrição do Padre Olavo, imediatamente anterior à sua primeira fala, é correto afirmar que nela aparecem:

( ) informações e comentários do autor que avaliam subjetivamente o personagem, contribuindo para a imagem negativa que construiremos dele;

( ) informações e dados objetivos, que demonstram a neutralidade do autor, a fim de não nos induzir a tirar conclusões apressadas sobre o personagem.

Do livro ao palco

Montando uma peça (2)

Durante os ensaios, devem ser definidas coletivamente as principais características dos personagens, sempre com apoio no texto: como agem e se expressam corporalmente? Qual seu modo de falar? Como se vestem? Quais seus traços físicos mais marcantes?

Da mesma forma, esboçam-se o cenário e a ambientação: trata-se de paisagem rural ou urbana? Antiga ou atual? Realista ou imaginária? Predomina a variedade de cores ou o tom único? As cenas ocorrem à noite ou durante o dia? Chove ou faz sol? Serão utilizadas músicas ou outros recursos sonoros? Quando e com quais intenções?

Nessa hora de definições, é indispensável voltar inúmeras vezes ao texto, consultá-lo, relê-lo e proferi-lo em voz alta, testando entonações e ritmos, o que auxiliará no processo de marcação das cenas e de memorização das falas.

Se possível, o grupo deverá assistir a alguma peça em cartaz na sua cidade (ou no formato de vídeo), pesquisar e ler sobre o autor e a peça, o que ajudará na montagem do espetáculo que pretende encenar e também na ampliação de seu repertório cultural.

Síntese das artes

Em uma boa montagem teatral, encontram-se elementos de várias artes: além da arte cênica, da encenação propriamente dita, há a trilha sonora, incluindo a música e os efeitos de sons; o cenário, que muitas vezes se apoia nas artes plásticas; a linguagem corporal dos atores, que pode aproximar o teatro da dança; a iluminação, importante para criar a "atmosfera" da peça; o figurino e a maquiagem... E, é claro, o texto teatral, produto da arte da palavra, a literatura.

Cláudia Guimarães/Folha Imagem

Com os ensaios, vai sendo construída uma visão coletiva e partilhada pelo grupo, estabelecendo-se um consenso, essencial para delimitar os objetivos, o tom geral e o foco do espetáculo. (Ensaio da peça *Édipo em Tebas*.)

Respeito à diferença

Representando (para superar) a indiferença e a intolerância

Infelizmente, a violência tem se afirmado como a rotina nossa de cada dia, não apenas nos grandes centros, mas também nos mais escondidos recantos – e, não poucas vezes, como resultado da indiferença pela vida do Outro e por não se reconhecer e tolerar aquilo que o singulariza e o faz diferente.

A indiferença ocorre quando o Outro não é visto, reconhecido e considerado como sujeito que tem seus direitos e interesses; os resultados disso são o descaso, o desprezo, a falta de atenção ou de cuidado para com ele. A intolerância, mais radical, gera uma postura intransigente frente às atitudes, crenças e modos de ser do Outro; geralmente, essa reprovação ou falta de compreensão impede o exercício da liberdade e da coexistência pacífica de diferenças, manifestando-se como agressão, repressão, uso da força.

As peças e cenas que compõem este volume pretenderam fornecer não apenas um retrato, mas uma impactante radiografia desses comportamentos, desvendando seu funcionamento e colocando-os em cena para denunciá-los e para ajudar a evitá-los e revertê-los.

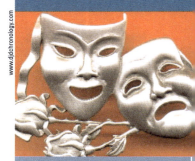

A arte sensibiliza e faz pensar, promovendo o respeito à pluralidade e o convívio pacífico. As máscaras que simbolizam o teatro sugerem a convivência com a diferença.

Na base da indiferença e da intolerância está o preconceito, que pode gerar atitudes violentas.

"O teatro contribui muito nesse trabalho de procura e de conscientização das pessoas, e de levar à discussão e à sensibilidade problemas que são muito sérios e fundamentais para todos nós."

Gianfrancesco Guarnieri